- 2018 -
CRÔNICAS DE UM ANO ATÍPICO

MARTINHO DA VILA

- 2018 -
CRÔNICAS DE UM ANO ATÍPICO

kapulana
editora

São Paulo
2019

Copyright © 2019 Editora Kapulana Ltda. - Brasil
Copyright © 2019 Martinho da Vila

Grafia atualizada conforme o Acordo Ortográfico da Língua Portuguesa de 1990, decreto n° 6.583, de 29 de setembro de 2008.

Direção editorial:	Rosana M. Weg
Direção de arte:	Mariana Fujisawa
Consultoria editorial, organização e revisão inicial do texto original:	Tom Farias
Projeto editorial, edição e revisão final do texto:	Carolina Kuhn Facchin
Projeto gráfico:	Daniela Miwa Taira
Diagramação e finalização dos arquivos:	Carolina Menezes
Capa:	Editora Kapulana
Ilustração:	Sheyla Ayó

Dados internacionais de Catalogação na Publicação (CIP)
(Câmara Brasileira do Livro, SP, Brasil)

Vila, Martinho da
   2018: crônicas de um ano atípico/ Martinho da Vila. -- São Paulo: Kapulana, 2019.

   ISBN 978-85-68846-69-8

   1. Contos brasileiros 2. Crônicas brasileiras
I. Título.

19-26153   CDD-B869.3
                                                                                                  -B869.8

Índices para catálogo sistemático:
  1. Contos: Literatura brasileira   B869.3
  2. Crônicas: Literatura brasileira   B869.8

Maria Alice Ferreira - Bibliotecária - CRB-8/7964

2019

Reprodução proibida (Lei 9.610/98).
Todos os direitos desta edição reservados à Editora Kapulana Ltda.
Rua Henrique Schaumann, 414, 3° andar, CEP 05413-010, São Paulo, SP, Brasil
editora@kapulana.com.br – www.kapulana.com.br

Introdução, por Martinho da Vila 09

Primeira parte – Janeiro
    Obrigado Senhor! 15
    Alô Rio de Janeiro! 22
    Dona Amélia 26
    Bruzundanga 30

Segunda parte – Fevereiro
    A corda e a caçamba 35
    A vida é um carnaval 40
    Conversa de restaurante 45
    Balança mas não cai 48

Terceira parte – Março
    Escolas de Samba 53
    Festança 56
    Marielle presente 58
    Amizades 61

Quarta parte – Abril
    Unidos de Vila Isabel, uma família 65
    Depois da Quaresma 69
    Boa Cláudio Jorge! 71
    A justiça e o carnaval 75

Quinta parte – Maio
    Tristezas alegres 81
    Duas Barras – Monnerat 84
    A bola não vai rolar 87
    Um dia histórico 89

Sexta parte – Junho
    Ana e Solange 95
    Minha nova namorada 97
    Que novela! 99
    Copa do Mundo 103

Sétima parte – Julho
    Viva Campo Grande! Viva Brasília! 107
    Brasil a caminho do hexa 109
    Vida de artista 112
    Poucas e boas 114

Oitava parte – Agosto
    Amigo é para estas coisas 119
    Josué Ferreira 122
    Everardo, o Rei do Bacalhau 124
    Palpites infelizes 127

Nona parte – Setembro
    Como é que pode? 131
    Setembro branco 133
    À volta da fogueira 136
    Feliz Dia das Crianças 139

Décima parte – Outubro
    A esperança não morre 145
    Maravilhosa cidade mulher 147
    Ave Montevideo! Viva Artigas! 150
    Um grande sonho 153

Décima Primeira parte – Novembro
Falando baixinho 159
Consciência Negra 161
Concerto Negro 165
Faculdades 171

Décima Segunda parte – Dezembro
Samba, Patrimônio Imaterial 179
Tem que dar certo 182
Pescaria 186
A filha de Papai Noel 189
Feliz Ano Novo! 193

Martinho, um artesão, por Tom Farias 197

Vida e obra do autor 200

INTRODUÇÃO

2018 foi o ano dos meus 80 anos, ocorridos no dia 12 de fevereiro, em pleno carnaval. As comemorações começaram em janeiro pelos netos Raoni e Dandara, com o show "Canta Canta Minha Gente", que começou em uma casa da Lapa e depois em outros espaços, sempre com um artista convidado, dentre outros Paula Lima, Monarco, Moacyr Luz, Oto, Alcione, Rildo Hora, Nelson Rufino... Tios deles, os filhos: Tonho, Analimar, Mart'nália, Tunico e Juju, se apresentaram em dias alternados. Tunico também promoveu shows comemorativos em Vitória/ES, com participação de artistas famosos: Dudu Nobre, Sandra de Sá, Tony Garrido, Fernanda Abreu, Criolo, Renato Teixeira, Xande de Pilares...

O conceituado grupo musical Arranco de Varsóvia, com seus esmerados arranjos vocais, também me fizeram mimos com sambas meus em suas vozes.

Muitas outras homenagens foram feitas.

As cantoras Verônica Sabino e Ana Costa me presentearam com shows.

O Luiz Carlos B. Lutterbach, Prefeito de Duas Barras, minha cidade natal, mandou fazer um selo postal comemorativo e a Câmara dos Vereadores instituiu 2018 como o Ano Martinho da Vila. O Wagner Victer, Secretário Estadual de Educação, sugeriu que todos os alunos das escolas estaduais fizessem trabalhos sobre a minha vida, as músicas e atividades desenvolvidas por mim. Milhares de estudantes fizeram trabalhos lindos que muito me emocionaram. Uma Comissão de Professores escolheu os que julgou melhores e eu compareci à premiação. Fiz um ensaio aberto do show de lançamento do CD "Bandeira da Fé" no Theatro Municipal, especialmente para alunos dos colégios estaduais. Lotou. Muitos nunca tinham ida a um teatro e ficaram encantados.

Este livro é um retrato dos meus 80 anos.

Janeiro foi um mês muito bom particularmente, com destaque para o ato de entrega do meu título de Doutor *Honoris Causa* em Letras pela UFRJ. Fevereiro também foi legal e o principal assunto, como não poderia deixar de ser, foi o carnaval.

Os meses de março e abril foram péssimos para o País. O Lula foi preso injustamente e mataram a vereadora Marielle Franco. Maio também foi horrível, com exceção, no caso particular, de um grande evento ocorrido no Teatro Clara Nunes, a cerimônia das minhas Bodas de Prata do casamento com a Cléo.

Junho foi triste. Perdemos mais uma copa do mundo sem chegar à final. Julho "passou batido", Agosto sem muitos gostos, Setembro começou mal com lamentoso incêndio do Museu Nacional e foi o mais atípico, pois uma raiva incomum tomou conta de muitos corações e o Bolsonaro foi esfaqueado. Estava tudo planejado para a vitória do Alckmin ou do Meireles, com alguma chance para o Haddad ou o Ciro Gomes, mas na eleição presidencial de Outubro deu uma zebra imaginável pelos caciques da política: ganhou o Jair Messias Bolsonaro que quase leva no primeiro turno.

Novembro foi calmo, porém com temperaturas baixas no Estado do Rio de Janeiro e altas no Rio Grande do Sul. Em vários dias São Borja ficou mais quente que o Rio.

Em Dezembro o País ficou chocado com os crimes do conceituado médium João de Deus. Outros criminosos com as ações dos promotores da Operação Lava-Jato e da Polícia Federal foram presos. Nunca se viu tantos ricaços algemados. Com o implemento das delações premiadas de suspeitos de corrupção, grande parte sem provas, alcaguetes inescrupulosos mancharam biografias admiráveis.

Muitos ladrões confessos devolveram parte do dinheiro e já estão em casa. Para o Sérgio Cabral não há jeito, já está condenado a cerca de 200 anos, mas não se sabe por que o Eduardo Cunha, que está em cana desde o ano passado, cotado como o dedo mais duro, não fez acordo de delação.

Ê 2018! Você foi mesmo um ano atípico.

As crônicas e contos deste livro foram escritos por mim, na terceira pessoa, em cada semana dos meses do ano e retratam os acontecimentos que mais me sensibilizaram, positivamente ou não.

Martinho da Vila

JANEIRO

Obrigado Senhor!

É 2018, primeiro dia do ano dos 80 carnavais do escritor. Ele, também um compositor que já foi muito boêmio, brindou o ano novo com champanhe e vinho, mas não se excedeu e acordou sem ressaca. Deu bom dia para o dia, conversou com Deus, meditou, como de costume, ligou o computador e viu as manchetes dos jornais, cariocas e paulistas.

Folha de S. Paulo:
Dois em cada três latinos terão novo governo em 2018
Com polarização cresce conflitos em universidades
Zuenir Ventura: Há meio século o ano de 1968 não acaba de não acabar.

O Globo:
Reconstrução – Em Copacabana, público estimado em 3 milhões
Futurologia: Como será o amanhã?
Irã prende 200 e bloqueia a internet.

O Estado de S. Paulo:
O que você espera de 2018?
Escândalos de virada à direita marcarão ano eleitoral na AL
Operações militares no País triplicam desde 1990.

Extra:
2017 já foi tarde. Bem-vindo 2018
Astros preveem mais um ano ruim para o Brasil
Neymar e Marquezine: Amor total.

O confuso 2017 foi um ano de crise política sem precedentes, com os Três Poderes da República se digladiando. O Executivo sem credibilidade, o Legislativo desacreditado e o STF, bem como juízes e procuradores, ao invés de só se pronunciarem nos autos processuais, aparecem na imprensa e nas redes sociais tal qual alguns artistas populares.

O judiciário foi muito atuante, mas não imparcial, determinando prisões coercivas sem intimação anterior.

A crise financeira, consequência da política, também foi terrível, mas não atingiu o cronista, que fez um retrospecto pessoal: "Se tive algum contratempo não me lembro, pois em tudo que é ruim eu passo uma borracha". Epa! Assim se dizia no tempo do lápis.

Na era digital é "tudo que não presta eu deleto". 2017 foi um ano de paz, com saúde, sem problemas familiares e financeiros. Conseguiu pagar em dia seus auxiliares, inclusive o décimo terceiro salário, sem ficar com as contas no vermelho.

Lembrou-se que trabalhou muito, ganhou o Grammy Latino com o CD "De bem com a vida" e gravou um disco em homenagem à Unidos de Vila Isabel. Participou de diversos eventos literários, fez palestras, proferiu uma Aula Magna na Universidade Federal do Rio de Janeiro, concluiu o terceiro ano do Curso de Relações Internacionais na Faculdade Estácio de Sá e foi laureado com o título de Doutor *Honoris Causa* da UFRJ.

A cerimônia de doutorado foi emocionante e ele, nervoso com calma, fez um discurso bem descontraído:

"Magnífico Reitor Prof. Dr. Roberto Leher.

Esta minha fala é de total gratidão à Vossa Magnificência e à Excelentíssima Vice-Reitora, Profa. Dra. Denise Fernandes Lopez Nascimento, bem como à Excelentíssima Decana do Centro de Letras e Artes, Profa. Dra. Flora De Paoli Faria, à Excelentíssima Diretora da Faculdade de Letras, Profa. Dra. Eleonora Ziller; Excelentíssima Chefe do Departamento de Letras Vernáculas, Profa. Dra. Mônica Fagundes; Excelentíssima Dra. Carmen Lucia Tindó Ribeiro Secco, Profa. Titular de Literaturas Africanas de Língua Portuguesa, que muito me sensibilizou com a comovente saudação.

Sou gratíssimo também à Guarda de Honra que me entronizou, constituída pelos eminentes Professores Doutores Edwaldo Machado Cafezeiro, Prof. Emérito da Faculdade de Letras; José Sérgio Leite Lopes, Professor do Museu Nacional/UFRJ; João Baptista Vargens, Professor da Faculdade de Letras; Godofredo de Oliveira Neto, Prof. Titular da Fac. de Letras; José Clécio Basílio Quesado, Prof. Adjunto IV da Faculdade de Letras; André Conforte, Professor Adjunto do Instituto de Letras desta Universidade.

Eu gostaria de manifestar minha gratidão, citando cada um dos membros do criterioso Conselho Universitário, Órgão Deliberativo Máximo, mas não é possível pois são muitos, porém todos podem ter certeza que estão morando dentro do meu coração, de onde jamais sairão.

Sinto-me honrado de estar junto a tão elevados membros do magistério da UFRJ, Universidade sempre catalogada entre as melhores do Brasil e que tem, há quase um século, a tradição de combater as discriminações e ser baluarte na defesa da liberdade de expressão.

Senhoras e senhores.

Estou comovido com a prestigiosa presença de tantos ilustres Professores, alunos universitários, familiares, amigos... Dentre os quais o Secretário Estadual de Educação, Wagner Victer e Ricardo Cravo Albin, Presidente da Academia Carioca de Letras.

Manifesto a minha felicidade por ser prestigiado por intelectuais, acadêmicos confrades do Pen Club do Brasil, escritores...

Peço desculpas por não poder citá-los nominalmente e, em particular eu saúdo a minha amada Cléo Ferreira, companheira cuidadosa, incentivadora e eu, como Embaixador da Boa Vontade da CPLP (Comunidade dos Países de Língua Portuguesa), não posso deixar de registrar a presença do Cônsul de Angola, no Rio de Janeiro, Dr. Rosário de Ceita, e do Cônsul de Cabo Verde, Dr. Pedro António dos Santos, e representantes da Embaixada de Angola.

Angola e Cabo Verde, como todos sabem, são países africanos, assim como Moçambique e Guiné Bissau, nações que eu amo, admiro e invejo, porque todas têm uma segunda língua-pátria, como Timor Leste e Guiné Equatorial, que também são membros da CPLP, comunidade dos países de expressão portuguesa. Disse que os invejo, porque eu

> *Gostaria de exaltar em bom Tupi*
> *As belezas do meu país*
> *Falar dos rios, cachoeiras e cascatas*
> *Do esplendor das verdes matas e remotas tradições*
> *Também cantar em guarani os meus amores*
> *Desejos e paixões*
> *Bem fazem os povos das nações irmãs*
> *Que preservam os sons e a cultura de raiz*
>
> *A expressão do olhar*
> *Traduz o sentimento*
> *Mas é primordial*
> *Uma linguagem comum*
> *Importante fator*
> *Para o entendimento*
> *Que é semente do fruto*
> *Da razão e do amor*
>
> *É sonho ver um dia*
> *A música e a poesia*
> *Sobreporem-se às armas*
> *Na luta por um ideal*
> *E preconizar*
> *A lusofonia*
> *Na diplomacia universal.*

O percurso para chegar aqui foi longo e o ponto de partida foi a Aula Magna que proferi no Salão Nobre do Instituto de Filosofia e Ciências Sociais (IFCS), na abertura do primeiro semestre do ano letivo de Letras desta Faculdade.

Na ocasião, dois militantes das causas da negritude, Ivanir dos Santos e Helena Theodoro, lançaram a campanha para que me fosse concedido o título de Doutor *Honoris Causa*.

Fiquei surpreso, achando que era um despropósito.

Aí, no mesmo momento, o meu considerado irmão, João Baptista Vargens, professor de árabe, afirmou que iria dar entrada pela Faculdade de Letras, o que realmente fez, e a Profa. Dra. Carmen Lucia Tindó Secco formalizou o processo.

No prosseguimento, influenciados pelos pareceres dos Professores Doutores João Baptista, Godofredo de Oliveira, José Sérgio Leite e Maria Júlia de Oliveira Santos, os Colegiados aprovaram por unanimidade.

Hoje para mim é "um dia de graça" e eu me lembro de um samba do Candeia, compositor da Portela, que diz:

Negro acorda é hora de acordar
Não negue a raça
Torne toda manhã dia de graça
Negro não se humilhe nem humilhe a ninguém
Todas as raças já foram escravas também
E deixa de ser rei só na folia
Faça da sua Maria uma rainha todos os dias
E cante o samba na universidade
E verás que seu filho será príncipe de verdade
Aí então jamais tu voltarás ao barracão

Magnífico e magnânimo Reitor Roberto Leher. Professores Doutores, componentes da mesa.

Não gosto de fazer promessas. Entretanto, já fiz o juramento, mas vou ser redundante. Juro por N'zambi, Alah, Jeová, Javé... Em resumo, por Deus, criador de todas as coisas, que não vou decepcionar os colegiados que me apoiaram.

Dou a minha palavra de fé que vou honrar a UFRJ, Universidade que prima pelo respeito entre religiosos de diferentes crenças e, com ações afirmativas, visa contribuir para a diminuição das desigualdades. Mais concretamente, atua contra o preconceito racial, o que se confirma ao conceder título de doutorado a um filho de lavrador, Josué Ferreira, cuja mãe, Tereza de Jesus Ferreira, foi lavadeira humilde na Serra dos Pretos Forros, Boca do Mato, assim como Dona Maria Leopoldina, do Morro do Livramento, mãe do grande Machado de Assis. Como minha mãe, por quem escrevi o livro *Memórias Póstumas de Tereza de Jesus*, também era lavadeira Dona Carolina Eva da Conceição, genitora de Cruz e Sousa, o Poeta do Desterro.

Eu recebi muitas flores em vida e um buquê de medalhas, comendas e títulos, mas a flor mais bela e importante é a que recebo hoje, pois o diploma de Doutor *Honoris Causa* me estimula a prosseguir na minha missão de transmitir alegria, toca os corações com a minha música, passar boas mensagens com a minha fala em aulas, palestras... E escrever livros para os amantes da literatura, assim como para os que não têm o hábito de ler. Também é minha missão, ser uma referência para as pessoas de origem humilde como eu, que se sentem por mim representadas.

Entretanto, ninguém precisa me chamar de Doutor. Serei sempre o Negro Martinho, o cidadão Zé Ferreira, o artista Martinho da Vila, partidário devagar.

Como tal, para encerrar, vou cantarolar um samba-enredo da Escola de Samba do Silas de Oliveira, compositor do Império Serrano e peço licença a todos para dedicá-lo aos alunos e professores que, neste tempo difícil que passa a universidade pública, se mantém coesos. São verdadeiros heróis da liberdade.

Samba, ô samba
Tem a sua primazia
Em gozar de felicidade
Samba, meu samba
Presta esta homenagem
Aos heróis da liberdade

Passava noite, vinha dia
O sangue do negro corria
Dia a dia
De lamento em lamento
De agonia em agonia
Ele pedia o fim da tirania
Lá em Vila Rica
Junto ao largo da Bica
Local da opressão
A fiel maçonaria, com sabedoria
Deu sua decisão
Com flores e alegria
Veio a abolição
A independência laureando
O seu brasão
Ao longe soldados e tambores
Alunos e professores
Acompanhados de clarim
Cantavam assim
Já raiou a liberdade
A liberdade já raiou
Essa brisa que a juventude afaga
Essa chama
Que o ódio não apaga pelo universo
É a evolução em sua legítima razão

Ô, ô, ô, ô
Liberdade senhor!

Obrigado Senhor!"

Alô Rio de Janeiro!

Em sua versão online, o *Jornal do Brasil* deste 7 de janeiro publicou uma entrevista com turistas estrangeiros para saber se a questão da segurança é algo que inquieta quem vem de fora.

Apesar da preocupação com assaltos, o consenso foi de que o Rio "é como qualquer grande metrópole do mundo, como Moscou ou Nova York", conforme destacou a turista russa Marina Cukor, de 40 anos, funcionária de uma multinacional. "Você deve andar com cuidado. Mas por enquanto me sinto segura. Gosto do Rio por causa desse estilo de vida despojado. É ótimo para relaxar e não pensar em nada. É muito bom", completou Marina.

Marina estava acompanhada de Alyona Selikhova, de 29 anos, também russa, e que mora no Rio há quatro anos. Guia de turismo na cidade, Alyona explicou o motivo de ter vindo para o país: "Eu procurava um lugar para viver, descobri o Brasil e pensei... Ok, vou ficar por aqui".

Toon Haverals, arquiteto belga de 35 anos:

"Muita gente não quer ir para um país o qual a mídia diz que não é recomendável, mas eu pretendo fazer uma boa publicidade quando voltar para casa". E ressaltou, entre risadas, o motivo de querer vir ao Brasil. "Eu gosto da *'vive'*, da atmosfera... Sei lá. Por aqui tudo se move, mas bem devagar". O desenvolvedor de *software* alemão Martin Wunderlich, de 43 anos, trouxe toda família. Ele, a mulher e as duas filhas pareciam despreocupados enquanto andavam pelo passeio público. Disse: "A gente leu no nosso guia de turismo que você não deve sair tarde da noite, não deve ir a certos lugares, mas no geral nos sentimos seguros.".

No último "ano das crises", o Rio foi muito mal falado, e continua. Porém agora sendo admirado na mídia internacional.

A admiração começou no nosso réveillon, o melhor do mundo. Cerca de três milhões de pessoas se acotovelaram em Copacabana, vindas de diversos pontos do planeta. A alegria do carioca causou inveja em prefeitos de muitas grandes cidades que ficaram vazias no final do ano. Quase um milhão de turistas do exterior vieram para cá e os hotéis tiveram mais de 90% das dependências ocupadas.

As festas ocorreram tranquilas e animadas, sem brigas e nenhum acidente, só alegria.

O que causou um impacto chocante que correu mundo foi uma foto de um menino preto descamisado, sozinho na multidão vestida de branco. Ele apreciando o longo espetáculo pirotécnico, de costas para todos os outros que tiravam *selfies* com o colorido dos fogos ao fundo. A foto foi a imagem do fim do ano e suscitou debates nas redes sociais sobre desigualdades, o desamparo da infância no Brasil e o poder da fotografia para contar histórias.

Passadas as euforias da meia-noite, uma ou duas horas depois todas as capitais já estavam praticamente adormecidas. Aqui, os quiosques, restaurantes e bares continuaram repletos. Nem os turistas se recolheram e muita gente amanheceu nas praias.

Na mesma semana, no Dia de Reis, no mesmo local aconteceu o "Primeiro Grande Encontro de Samba", com milhares e milhares de assistentes.

Componentes das treze escolas de samba do Grupo Especial desfilaram pela majestosa Avenida Atlântica, sete sambando de um lado e seis do outro. Se encontraram tocando e adentraram, juntas, o grande palco. Treze intérpretes das agremiações cantaram, em uníssono, os sambas enredos antológicos acompanhados por cerca de mil ritmistas. Que maravilha!

Integrados, ritmistas de escolas de samba com seus chocalhos, tamborins, cuícas, surdos etc., em harmonia com músicos populares com seus violões, cavaquinhos, teclados... em perfeita sintonia com os eruditos da Orquestra Sinfônica Petrobras, todos regidos pelo Maestro Isaac Karabtchevsky. Só a expressão "Incrível, Fantástico, Extraordinário!" traduz o evento.

Um momento lúdico foi proporcionado pela Porta-bandeira Lucinha Nobre bailando um bolero de Ravel com o Marcelino,

Mestre-sala da Portela. Outro foi a bailarina Ana Botafogo gingando com o dançarino Carlinhos de Jesus.

Pra culminar, Martinho da Vila, Alcione, Diogo Nogueira e a novata Iza lembraram clássicos de Noel Rosa, Cartola, Nelson Cavaquinho, Ataulfo Alves, Jorge Ben Jor, Tom Jobim, Dorival Caymmi, Adoniran Barbosa, Dona Ivone Lara... Ora eram acompanhados pelos músicos pops, ora pelos sinfônicos. O final foi vibrante, com todo mundo cantando *Aquarela do Brasil*, de Ari Barroso, e *Eu Sou o Samba*, de Zé Keti, com a orquestra e mil ritmistas, junção jamais vista em nenhuma parte do mundo. Um delírio.

Depois do evento o artista foi comemorar com uns amigos, bebericar e comentar. Dormiu muito tarde, ou melhor, bem cedo, pois já estava alvorecendo. Despertou depois do meio-dia. Deu uma olhada nas manchetes dos periódicos na esperança de ver comentários a respeito do evento de Copacabana, mas não saiu nada. Entretanto, as notícias não eram ruins:

Jornal Extra:
Rio tem 28 mil vagas de concursos previstos.

O Dia:
Aposentado, veja valor do benefício já com resgate.

O Globo:
Só ensino superior garante ganho crescente de renda.

Folha de S. Paulo:
Braskem sonegou informações, diz Marcelo Odebrecht.

O Estado de S. Paulo:
Novas escolas disputam professor com altos salários.

Correio Brasiliense:
Com preços e juros em baixa imóvel volta a ser bom negócio.

Diário de Pernambuco:
Sob pressão Venezuela enfim liberta brasileiro.

A manchete do *Estado de Minas* não foi boa:
Comunidades próximas a barragens convivem com medo de serem varridas do mapa como em Mariana.

A pior notícia foi a da morte do jornalista Carlos Heitor Cony e a melhor foi dada pelo empresário Osmar Peres, gestor do *Jornal do Brasil*, afirmando que o JB voltaria ao modelo impresso.

Dona Amélia

Este ano é de Copa do Mundo, mas poucos estão sintonizados. No passado, logo depois da virada do ano, a Copa era o assunto em evidência. Isto acontecia porque, até a copa de 1990, os jogadores eram identificados com os clubes, mas atualmente, se me pedirem para citar meia dúzia dos atletas do Vasco, em uma entrevista ao vivo, será muito difícil nomeá-los.

Em outros tempos os torcedores ficavam orgulhosos quando o seu time tinha o maior número de jogadores selecionados, cuja maioria era do Rio e de São Paulo, alguns de Minas Gerais e do Rio Grande do Sul, um ou outro dos demais Estados. Os adeptos do futebol sabiam quais eram os craques de seleção.

Faltam apenas três meses para a contenda na Rússia e poucos cariocas sabem disso. A preocupação neste início de ano é só com o carnaval. Quem não é de muita agitação prepara-se para sair da cidade e ir para um pequeno município onde a folia é mais tranquila.

Há os que fazem retiro espiritual, mas quem é da brincadeira só pensa na fantasia para desfilar em escolas de samba, blocos, bandas e bailes de carnaval. Estes escassearam, mas ainda há alguns como o do Copacabana Palace, embora sem tanto charme como os de antigamente.

Que saudade dos bailes do Theatro Municipal!

O carnaval é bom porque ninguém quer se grilar. Vamos ter eleições para Presidente do Brasil e renovação do Congresso Nacional, mas por aqui ninguém quer falar de política, embora todos estejamos preocupados com o julgamento do Lula, marcado para o dia 24 deste janeiro, creio que com objetivo de tirá-lo da disputa presidencial. A dúvida é, se condenado, será preso? A decisão foi abreviada para o pré-carnaval para que não haja muitas manifestações de protesto.

Escrevo no Dia de São Sebastião, santo sincretizado com Oxóssi nos terreiros de umbanda. Na cidade, procissão com muitos devotos e nos terreiros, batuques. Em Ipanema, na Praça General Osório, ensaio da banda do bairro com milhares de gente colorida, de várias idades em verdadeiro carnaval.

Na *Folha de São Paulo* a manchete: Deputados Americanos Divulgam Carta de Apoio a Lula.

Contra o Lula não há provas, só indícios.

O Temer também está tremendo porque há contra ele muitos indícios de corrupção, estes mais evidentes. O STF há meses passados iria julgá-lo, mas o Congresso Nacional, composto por muitos parlamentares também ameaçados de julgamento, não autorizou.

Entre os Ministros nomeados por ele a maioria é de réus sabidamente corruptos. Estes vão abrir mão de suas pastas para concorrer a cargos legislativos e assim manter o foro privilegiado. O Ministro do Trabalho já pediu demissão e no lugar dele foi nomeada a Deputada Cristiane Brasil, filha do Roberto Jefferson, a quem o Temer deve obséquios. Ele é o político que detonou o mensalão, também estava envolvido e já esteve preso. A justiça impediu a posse da Cristiane porque ela foi processada e condenada pela Justiça do Trabalho por não cumprir obrigações trabalhistas. O presidente não a substitui porque o pai insiste com a indicação, quer ver a filha ministra e o Temer deve favores a ele. Que imbróglio!

Para desanuviar aqui vai um caso trabalhista fantasioso com toques de realismo, passado no tempo em que a classe dominante achava que negros não deviam estudar. Moças brancas também não iam à escola. Aprendiam somente a ler e escrever, em casa. Eram preparadas para casar e aprendiam a cozinhar, fazer doces, costurar, bordar... Mulheres não exerciam nenhuma função relevante e nem votavam.

No caso que se segue, jovens de 16 anos eram empregados recebendo meio salário mínimo e crianças trabalhavam como empregadinhos domésticos, quase a troco de comida, a maioria pretas, obviamente.

É personagem da história Dona Amélia, uma bela senhora de trinta e poucos anos, boa postura, morena clara, longos cabelos castanhos, atributos corporais bem distribuídos, divorciada. Nos primeiros meses do divórcio andou meio deprimida, mas recuperou-se e fez do casal de filhos o seu sentido de vida. Passou a viver unicamente para suas crias e jamais teve olhos para algum outro homem. Tinha dois filhos e contratou o Márcio, um menino de 13 anos, para ajudar na faxina caseira e brincar com João e Maria, de 10 e 12 primaveras, que estudavam em um bom colégio na parte da manhã e iam no ônibus escolar. A boa senhora matriculou o Márcio em uma escola pública, no mesmo turno. A escola dele não era muito distante, ele ia a pé e todos regressavam praticamente no mesmo horário.

Pagava ao Márcio um salário de menor. Na época não havia o Estatuto da Criança e do Adolescente (ECA).

Após o almoço faziam as lições de casa ajudados por D. Amélia, enquanto Márcio ajudava a cozinheira a retirar os pratos, lavar a louça, arrumar a casa. Fazia o trabalho escolar antes de dormir. À tarde os três brincavam como verdadeiros amigos, mas o Márcio dava mais atenção ao Joãozinho. Lia historinhas infantis para ele demoradamente. Mariinha ficava aborrecida com o empregadinho e o maltratava. Reclamava com a mãe e um dia, irritada, chegou ao ponto de pedir para que ele fosse substituído:

– Esse Márcio é muito chato. Mande ele embora!

– O que foi que ele fez filha?

– Nada, mas só brinca com o Joãozinho e eu fico sozinha.

D. Amélia conseguiu uma menina, mas quando foi apresentada Mariinha disse que não gostou dela, que já estava de bem com o Marcinho, agora mais atencioso com ela.

Joãozinho disse que gostou da menina, mas já tinha se acostumado com Márcio.

Um ano se passou harmoniosamente. Mariinha, linda, se desenvolveu corporalmente. Márcio, bem alimentado, não parecia mais um menino, era um belo rapaz.

Aos sábados o empregadinho ia para o seio dos seus familiares e em um desses, nas despedidas, a mãe notou que a filha ficou tristonha. No final da semana que se seguiu também.

D. Amélia, matutando, matutando... Conscientizou-se de que os dois eram muito apegados e teve um mal presságio: "Será que ela...".

Católica praticante, elevou o pensamento aos céus: "Ó Deus, perdoe-me! Minha filha é uma criança e o menino é puro". Rezou uma Ave Maria balbuciando e benzeu-se.

Entretanto, o mau pensamento não saía da mente da boa senhora. Ficou de olhos neles. Não viu nada demais, porém nas observações foi ficando impressionada com o porte másculo do Márcio. Deitou-se pensando nele e sonhou que o empregadinho estava dormindo no quarto de Maria e despertou sobressaltada. Sabia que isso não era possível, mas foi verificar. A filha com seu pijaminha parecia um anjo adormecido.

Voltou a dormir e só acordou com o sol já alto.

Márcio, de short e todo suado, limpava a parte externa da casa. Ao fitá-lo, quase exclamou: Que menino bom! Que rapazinho bonito! Vai ser um grande homem.

Marcinho, sempre que se dirigia à patroa, mantinha a cabeça inclinada. Naquele dia, percebeu que ele a olhava do colo para baixo. Ela trajava uma bermuda jeans e camisetinha de alça. Sentiu-se desnudada, arrepiou-se. Afastou-se conturbada.

Havia lido dias atrás o conto "Uns Braços", de Machado de Assis, e lembrou-se dos personagens Dona Severina e Inácio. Fez uma associação e empalideceu. Perguntou-se: "Será que eu..."

Decidida, correu à escrivaninha, pegou um envelope, colocou dentro um salário mínimo de menor e escreveu um bilhete premente: "Márcio, vá pra sua casa. Saia sem se despedir e não volte mais".

Mariinha não ficou triste. Joãozinho nem ligou.

Bruzundanga

A genitora do jornalista Sérgio Cabral, um dos fundadores do *O Pasquim*, tinha o Martinho como um filho e Dona Tereza de Jesus Ferreira, aquela das *Memórias Póstumas*, dizia que o Cabral era o irmão que o filho não teve.

Serginho, um dos filhos do Cabral, desde a pré-adolescência tinha tendência política. Foi um jovem ativista do Partido Comunista. Adulto, foi Deputado, Senador e Governador do Estado do Rio de Janeiro pelo PMDB. Junto com o Aécio Neves, que trilhou o mesmo caminho em Minas Gerais, eram muito queridos pelos cariocas e vistos como possíveis bons candidatos ao Planalto.

Aécio disputou pelo PSDB e quase chegou lá, mas depois...

Sérgio fez um bom governo, mas nem tanto, porque deixou o Estado na bancarrota e com suas contas particulares recheadas. Foi devidamente preso e virou boi de piranha. Cumpre pena de dezenas de anos. Na prisão aqui no Rio gozava de mordomias e foi transferido para Curitiba. Até aí tudo bem, mas foi transportado com correntes nos pés além das algemas, conduzido por policiais mascarados, coisa que nunca se viu em nenhum preso de alta periculosidade, líder de facções criminosas capazes de resgatar o chefe. As correntes foram um absurdo praticado e mais um ato contra o estado de direito que só foi aplaudido pelos partidários radicais, declaradamente favoráveis à descriminalização da tortura.

Magali, mãe do ex-governador, protestou na coluna do Anselmo do jornal *O Globo* e foi bombardeada por outras mães nas redes sociais.

Dedico a ela os singelos versos do samba *Pra Mãe Tereza*, feitos em parceria com o Beto Sem Braço:

Foi a mão de Deus
Que te lapidou
Pra amar teu Filho
Do jeito que for

A nossa democracia está estranha. Os Três Poderes da República, antes harmoniosos, se degradam, como já foi dito. Os juristas da AGU, Advocacia Geral da União, e da PGR, Procuradoria Geral da República, não se respeitam. Ministros do STF se agridem verbalmente e não são discretos. Nota-se claramente que adoram os holofotes da mídia, manifestam-se como qualquer cidadão comum nas redes sociais.

O presidente Temer e grande parte do Legislativo Federal foram delatados por corrupção e estão *sub judice*, porém tranquilos. Os membros do Supremo estão com a supremacia abalada, são chacoteados nas redes sociais e por cartunistas na mídia impressa.

Que bruzundanga!

As Forças Armadas são comandadas pelo Ministro da Defesa, Raul Jungmann, um político de carreira que chefia Generais, Almirantes e Brigadeiros. É Deputado Federal licenciado e, pasmem!, para ir à Câmara votar em um projeto a favor do governo, foi exonerado pelo Temer apenas por um dia e no outro reintegrado ao cargo de Ministro da Defesa.

O Brasil de hoje é mesmo como Bruzundanga, país inventado pelo escritor Lima Barreto.

Nas primeiras décadas após a promulgação, a nossa República capengava. Justificava-se porque ela aconteceu repentinamente, em meio a uma grande confusão causada pela Questão Militar. Quase ninguém sabia como funcionava tal regime, embora no Império havia vereadores, deputados e senadores. Fato consumado, a Câmara e o Senado, sem saber o que fazer, fecharam as portas. Então José do Patrocínio, na época vereador, reuniu um pequeno grupo de pares e bradou: "Está proclamada a República!".

Em seguida foi aprovada uma moção. Patrocínio levou-a ao republicano Benjamin Constant, redigiram o Decreto de proclamação e convenceram o Marechal Deodoro, defensor do Império, a assinar.

A questão era: E agora?

A República funcionava a trancos e barrancos e o jornalista Lima Barreto a criticava com veemência. De gozação, escreveu o livro satírico *Os Bruzundangas*, no qual criou um país fantasia, exótico e oligárquico, comparando-o ao Brasil da época e metendo a lenha, ou melhor, a pena, nos políticos brasileiros em geral, taxando-os de corruptos e corruptores puxa-sacos do Mandachuva, maneira como se referia ao Presidente ilegítimo da Bruzundanga, chantagista do Legislativo, acobertado por juristas.

Um carnavalesco oitentão pretendia escrever um enredo para a sua escola de samba, na época desorganizada e não muito democrática. Plagiando o Lima, se comparado ao Brasil de hoje. Não fez porque, ao reler *Os Bruzundangas*, atualíssimo, estaria sendo injusto com as escolas de samba porque elas, fora as exceções, estão entre o que temos de mais organizado no País.

Por falar nelas, no carnaval de São Paulo o compositor Da Vila vai desfilar pela Unidos do Peruche que apresentará o enredo "Peruche Celebra os 80 anos do Dikamba Martinho".

Na Unidos de Vila Isabel ele será o destaque do carro abre-alas, no lugar onde sempre desfila a mulher do Presidente ou uma filha dele, assim como a amante ou uma mulher que ele sonha pegar. Desfilará em cima da coroa, símbolo emblemático da Vila, embora a coroa devesse ficar acima do destaque. Está correto porque o tema "Corra que o futuro vem aí" é lúdico. O enredo e o samba não são bons, mas vai dar Vila na cabeça.

FEVEREIRO

A corda e a caçamba

Fevereiro é o mês do carnaval e para o compositor o dia mais importante é a sexta-feira 6, porque é o dia da Cléo Ferreira, a Preta Pretinha, que apaixonou o compositor do samba *Que preta, que nêga!*.

O portelense Antônio Candeias Filho, o mestre Candeia, disse em um samba: "Eu não troco a minha preta pela preta de ninguém". Ele também não.

Quando se diz "vou levar minha preta" é uma forma carinhosa de dizer "vou com a minha mulher", que pode não ser negra. O Da Vila gosta de viajar com a mulher e ela quase sempre o acompanha. Como namorados vão e voltam juntos, felizes nas idas, mas para eles a melhor parte de qualquer viagem é o regresso. Vez ou outra leva os filhos e nas ocasiões em que eles não podem ir ela fica indecisa na partida, mas acaba indo porque ele cantarola o samba merengado *Vai ou Não Vai?*:

Eu não vou porque eu não sou de ir
Meu negócio foi sempre ficar
Mas não sou de ficar só aqui, fico aqui e acolá
Meu coração é sul-americano
Mas eu tenho os meus pés no além-mar
Vai ou não vai...

Se tiver que ir, vou pro Nordeste, me banhar em João Pessoa
Dar um cheiro na paraibinha, feminina sim sinhô
Muito meiga, muito boa
Toda cheia de amor
Vai ou não vai...

Minha alma só quer voar nas asas da gaivota
Minha amiga é uma estrela, meu amigo é um qualquer
Uma bíblia é Fernão Capelo
Minha deusa é uma mulher

O cantor a conheceu quando ela participou do clip de lançamento no Fantástico da TV Globo, do LP "Batuqueiro". Ele havia sofrido um acidente de carro e estava andando de muletas. Ao vê-la seus olhos brilharam ao cruzar com os dela e rolou uma sintonia fina. A hoje esguia Cléo era gordinha, com o design do corpo bem delineado, muito linda, mas não tão bonita como hoje. No final da gravação trocaram os números dos fones e passaram a curtir um namorico telefônico. Ele é quem ligava. Passou uns dias sem se comunicar e quando a procurou a jovem havia ido para Porto Alegre, cidade do Lupicínio Rodrigues. Ela é gaúcha de São Borja, terra de Getúlio Vargas, João Goulart e Leonel Brizola, este nascido em Carazinho, mas é são-borjense. Através da empregada conseguiu o telefone de lá e ligou:

– Oi!

– Oiii! Estou com saudades.

– Que bom!

– Ganhei umas fotos nossas que aquele fotógrafo tirou quando nos conhecemos. Quer ver? Posso ir aí levar.

Ele tinha sofrido um acidente de carro, estava andando de muletas e ela duvidou:

– Não acredito que, de muletas, vai sair do Rio para vir me ver e mostrar fotos.

– Claro. Se você quiser me ver também é só reservar um hotelzinho que eu vou.

– Tá. Vou fazer a reserva e esperar você no aeroporto.

O quase cinquentão vibrou e foi com aquelas óbvias intenções.

Na gravação, toda produzida, ela parecia mulher feita e quando a reviu, pensou: "Nossa, ela é muito jovem! Será um problema?".

Se abraçaram sorridentes e trocaram beijinhos faciais.

No banco traseiro do táxi comentou sobre o clip que gravaram e mostrou as fotos. Ela sorria um sorriso lindo com um aparelho corretor nos dentes, perceptivelmente nervosa. No hotel, ela pegou a sua pequena bagagem, deu-lhe a mão, segurou a porta do elevador para ele entrar. No quarto, verificou se estava tudo bem, deu-lhe um selinho e foi-se, com a promessa de ligar mais tarde.

Sem abrir a mala sentou-se pensativo. Pegou no frigobar uma cerveja, tomou devagar com a imagem dela na cabeça e a mente girando. Não demorou muito a moça ligou:

– Alô, minha linda!

– Tudo bem aí?

– Sim. Vai vir pra cá ou vamos sair?

– Hoje não. Amanhã, se quiser, posso trazer você à minha casa. A mamãe quer lhe ver.

Passou a noite sozinho, pensando. Falou consigo mesmo: "Que furada! De manhã vou-me embora".

Acordou tarde, atordoado pelo tilintar do telefone:

– Oiii! Tudo bem?

– Tudo. E contigo?

– Estou aqui embaixo. Vim te buscar, desce.

Sorriu feliz e obedeceu.

Passou uma tarde agradável com a mãe dela, Dona Cledi e o seu companheiro da época, o Fontoura. Não fizeram indagações e à noite foram os quatro dar uma volta, jantar e depois se divertir em uma boate.

Aí deu bom. Foram muitos beijinhos, beijos e beijões. Que delícia!

Voltou para o Rio com os lábios quase em carne viva, friccionados pelo aparelho dental que ela usava.

Após o ano novo a Cléo retornou ao Rio e mantiveram uma relação como adolescentes, na base de "abraços e beijinhos e carinhos sem ter fim". Só em março, num hotelzinho a caminho de Duas Barras, é que namoraram de verdade.

O compositor se apaixonou e fez a música *Que preta, que nêga!*.

Preta, que preta, que preta
Que preta, que nêga
Nêga, que nêga, que nêga
Pretinha, que preta
Quando a pretinha chega para galderiar
Os meus olhos paqueras se abrem
Coração menino se apura
E os lábios se molham pro beijo que vem
Nosso amor passarinha qual pluma no ar
E os seres maldosos não sabem
Que mesmo transando a ternura é tão pura
Que os anjos nos dizem amém minha preta,
Preta, que preta, que preta
Que preta, que nêga
Nêga, que nêga, que nêga
Pretinha, que preta

Pensando que vivia um caso de amor passageiro, escreveu na segunda parte:

Mas eu sei, menina
Que um dia irás
Curvar-se ao destino
Que o senso impuser
Então eu serei
Simplesmente amigo
E tu serás só, saudade mulher
Mais sempre que eu estiver numa onda de sonhos
Com lua espiando ou sol por um juiz
Vou olhar lá pro céu
E pedir para os astros guiarem teus passos
Pra seres feliz

Enganou-se inimaginavelmente. Casaram, têm dois filhos e estão prestes a celebrar bodas de prata.

Ela é aquariana como ele e, como já disse, o dia mais importante é o do seu aniversário, 6 de fevereiro. O seu presente deste ano foi um bilhete amoroso que termina com um samba inspirado nela:

Um passarinho me disse
Que vamos viver pra sempre um grande amor
Canário livre cantou, cantou, cantou feliz
Um bem-te-vi que ouviu
Bentevitou com o seu amigo tiziu
Um pintassilgo se alçou e foi piar
Bem juntinho da perdiz

Logo que entardeceu
Galinha cocorocou
Canto de galo ecoou, de longe um outro respondeu

Um corpo ardente riscou o céu e o pedido que fiz
Foi para ser sempre seu, só seu, só seu, só seu, só seu

Vamos sonhar bem juntinhos
Levando a vida a cantar
E como dois passarinhos
Voar, voar, voar, voar.

A vida é um carnaval

A folia acabou. O folião dormiu tarde, acordou cedo e, conduzido pelo seu motorista Mário Jorge, da ponte Rio-Niterói aprecia a Baía da Guanabara, poluída de navios cargueiros, mas mesmo assim, belíssima. O destino é uma cidadezinha bucólica onde os galos cantam de madrugada e a banda toca na praça, lugar especial que ele chama de "Meu Off Rio". Lá é bom para se integrar à natureza, andar por uma estradinha no meio da floresta, caminhar por trilhas que cortam arbustos, desestressar e pescar esportivamente nos lagos. Desta vez, antes de ir para o seu destino, vai almoçar no Don Bacalhau, um bom restaurante bem cuidado pelo Rafael. Há também outro ótimo, o Roda D'água, do Marquinho, agora no mesmo lugar onde era o tradicional Rei do Bacalhau, do saudoso Everardo.

Em conversa com amigos, um pergunta:

– Como foi o seu carnaval? Vi você muito na televisão.

Outro comentou:

– Ele, além de brincar deu muita entrevista, fez show...

– É... Foram mais compromissos do que diversão, mas foi bom.

Muitos folguedos e festejos neste fevereiro. Começou no dia 6 com o aniversário da Cléo, comemorado no condomínio Golden Green na Barra da Tijuca. Dia seguinte, pela manhã, viagem para Curitiba. Não foi para visitar os presos da Lava-Jato e nem para delatar. Foi fazer um show no Teatro Guaíra.

De volta ao Rio, dia 8, teve de manter uma disciplina: não ingerir muita bebida alcoólica, beber bastante água, se alimentar bem e ficar de molho para conseguir cumprir uma agenda carnavalesca.

No 9 foi para São Paulo desfilar na E. S. Unidos do Peruche, uma das mais tradicionais escolas de samba de São Paulo, que apresentou o enredo "Peruche Celebra 80 Anos do Dikamba Martinho da Vila".

O desfile vai começar e a voz dele ecoa no Sambódromo do Anhembi:

"Obrigado São Paulo! Muito grato Família Peruche! Feliz carnaval pra todo mundo!".

A escola está linda e todos cantam o samba-enredo:

Vai ter kizomba e axé
Peruche é samba no pé
É tradição, celeiro de bambas
Oitenta fevereiros a cantar
"deixa a tristeza pra lá"

O som dos tambores ecoa no ar
É força, é magia, mãe África!
Dois povos, uma só nação
Num elo de amor e união
E nos cafezais do interior
Desperta o talento de um menino
E foram tantas influências musicais
No cantarolar da procissão
A luz da fé guiava o seu coração

É da Vila, da Vila... partideiro menestrel
Do povo... lá do berço de Noel
"renasce das cinzas", "meu laiaraiá"
"feitiço" que encanta o boulevard

E assim, cruzou os mares
Fez da poesia a missão
Redescobrindo sua identidade
Na semelhança com nossos irmãos
Toca "viola e pandeiro"
Vem recordar
Dikamba nos versos e nas melodias
Celebrando em boemia
"sonhos" vão além da "quarta-feira"
A "liberdade" é "raiz" verdadeira
Martinho dá o tom... na filial, "é pra lá de bom"

Com 40 anos ao quadrado, como prefere dizer, o oitentão samba no alto do último carro como se fosse um menino, canta como se o homenageado não fosse ele e é aplaudido em todo o percurso.

O dia 10 foi de ficar de retiro em casa, onde chegou à tarde.

Presidente de Honra da Unidos de Vila Isabel e essencialmente sambista, nasceu no carnaval de trinta e oito e vai aniversariar na Avenida dos Desfiles, assim batizada pelo Prof. Darcy Ribeiro, uma obra do Governador Leonel Brizola com arquitetura do Oscar Niemeyer.

É fevereiro onze. A Vila está na boca da Avenida, como diz o samba criado em parceria com o compositor Galhardo:

A Vila tá na boca da avenida
Boa noite, pessoal
Vamos entrar com responsabilidade
Fazer bonito na cidade
Pra nós é questão de moral
A Vila tá na boca da avenida
Boa noite, pessoal
Vamos entrar com responsabilidade
Fazer bonito na cidade
Pra nós é questão de moral

Tô feliz da Vila
Com a nossa escola toda aberta
Pra arrepiar a passarela
O povo nos empresta o seu calor
Na Apoteose, na Apoteose
Lá é que o bicho vai pegar
Pois o ideal do sonhador
É ver a Vila em primeiro lugar
Pois o ideal do sonhador
É ver a Vila em primeiro lugar

Na concentração da sua Escola, em um "queijo" à frente do "abre alas", os empurradores da alegria, que não empurram porque o carro é mecanizado, se reuniram e cantaram um *Parabéns a Você* antecipado. Em seguida a Ala da Velha Guarda saiu lá da parte de trás e todos cantaram e saudaram: "Saúde Martinhoooo! Vivaaaa!". O baluarte, sorrindo, se curvava em agradecimento e aplaudia os que o aplaudiam. Antes de iniciar o desfile, o puxador Igor Sorriso mandou bonito:

Abre os braços amor
Olha eu aí
Vou levantar poeira
Balançar a roseira na Sapucaí

Em seguida os componentes cantaram o tradicional *Parabéns Pra Você* em ritmo de samba, a bateria fez um rufo prolongado e fogos explodiram no ar. O coração dele disparou, mas ele, olhando para o céu colorido pela pirotecnia conseguiu não se descompensar. A escola avançou e ele foi ovacionado em todo o percurso. No final, conduzido ao módulo da TV Globo onde foi recebido com salva de palmas, assoprou as velinhas do bolo natalício.

Na segunda-feira 12, seu aniversário, ficou em casa só com a família, um casal de amigos, Sérvulo e Iris, e duas amigas, Ana e Solange. Dormiu assistindo ao desfile pela TV, acordou quase ao meio dia, almoçou e partiu para a Banda de Ipanema, onde foi homenageado.

Naquela terça-feira gorda, por volta das 17 horas, os músicos da Banda estão a postos com seus instrumentos. O Da Vila é recebido pelo Presidente Cláudio Pinheiro que o abraça e ao som dos trombones, pistões, saxes, tubas, caixas, repiques, tamburins e não sei mais quais, a banda toca o seu sucesso, *Madalena do Jucu*, com energia total. É presenteado com uma placa comemorativa e uma faixa com os dizeres "Padrinho Martinho – Banda de Ipanema". Desfila por ruas do bairro acenando para o povo, sendo muito fotografado.

No meio da folia atende a um jornalista e, com dificuldade, consegue ouvir a pergunta:

– Você já recebeu muitas homenagens, tem busto na quadra da Vila, estátua em Duas Barras, já escreveu muitos livros, plantou árvores... Está realizado?

– Não. A minha missão aqui na terra ainda não terminou.

– O que falta realizar?

– Sei lá... Não sei o que é, mas algo me diz que tenho muito o que fazer.

Ainda em conversa com amigos em Duas Barras, um deles diz:

– A sua sorte é que a Peruche e a Vila, apesar dos belos desfiles, não se classificaram. Se sim, você voltaria a São Paulo na sexta, participaria do desfile das campeãs no Anhembi e no sábado desfilaria novamente pela Vila, no Sambódromo do Rio.

– É mesmo... foi uma sorte – disse sorrindo.

– Então você festejou os maus resultados das duas escolas?

– Festejei não, mas confesso que gostei de não ter que desfilar com as campeãs. Talvez não aguentasse.

– Aguentaria sim. Você tem muita energia.

Sempre que lhe perguntam sobre a receita para chegar aos oitenta inteirinho, ele diz que o principal é cortar os excessos e recita trechos da música *Ó Nêga*:

Não fala muito quem sabe falar
Não compra tudo quem sabe comprar
Não bebe muito quem sabe beber
Não come de tudo quem sabe comer
Mas, ama muito quem tem só um amor
E tu es a minha única flor

Cultivar a alegria e sorrir faz parte da sua receita. Também se esforçar para não aborrecer o próximo e não brigar por pequenas coisas, manter sempre a calma e fazer tudo bem devagar, devagarinho.

Conversa de restaurante

Em uma roda de amigos educados, se um fala, o outro escuta, e só intervém quando o pensamento é concluído.

Da mesma forma age um conjunto musical nos improvisos. Enquanto um sola, o outro fica marcando e só improvisa quando há uma pausa.

Em um restaurante, de bom nível, a música ambiente não atrapalhava a conversa, e em uma mesa de canto com três casais, duas mulheres conversavam em voz baixa e, paralelamente, dois homens, mais audíveis, falavam sobre vinhos enquanto o terceiro casal consultava o cardápio. Em outra mesa próxima estava um senhor sozinho que já havia feito o pedido. Saboreava o antepasto e falava no celular. Este foi reconhecido por um dos mais falantes, que sorriu para ele e perguntou:

– Tudo bem? Quer jantar conosco?

– Grato, mas eu estou aproveitando o tempo de espera e resolvendo umas coisas.

Mesmo assim o interlocutor levantou-se, dirigiu-se ao vizinho de mesa:

– Desculpe o incômodo, mas sou um admirador do seu trabalho. O senhor não me conhece, mas moramos no mesmo condomínio.

– É mesmo. Já o vi por lá.

– O senhor foi militar? Meu pai diz que serviu ao Exército no antigo Ministério da Guerra com o senhor e que eram muito amigos. Será que procede?

– É possível, mas eu dei baixa há muito tempo. Como é o nome dele?

– Fulano de tal – disse o nome todo.

– Sim. Me lembro. Como vai ele?

– Bem... porém aparenta ser mais velho que o senhor, mas goza de boa saúde.

– Por favor, diga-lhe que gostaria de vê-lo e que mando um abraço.

Com o jantar servido, anotaram os números dos celulares. O filho do milico reformado desejou-lhe bom apetite e retornou a sua mesa. Seus amigos conversavam e o assunto era a intervenção militar no Rio de Janeiro. Um disse:

– Ela era necessária, mas abre precedente para intervir em outros Estados. Não é só o Rio que está problemático, é o Brasil inteiro.

Uma das mulheres, que aparentava ser a mais antiga e permanecia quieta, só ouvindo, fez um aparte em voz alta:

– Me desculpem, mas o Exército, assim como a Marinha e a Aeronáutica, são as únicas instituições que ainda gozam de credibilidade. Eles deveriam tomar uma atitude radical. Destronar o Presidente, destituir todos os membros do STF e empossar outros. Fechar o Congresso e manter as eleições de outubro, como estão previstas, mas só permitir que concorram novos postulantes e os que estão no primeiro mandato. Também determinar que Deputados e Senadores poderão se reeleger uma única vez, assim como os Prefeitos, Governadores e Presidente.

Palmas para ela, demoradas. Até que um parou de aplaudir, levantou o dedo indicador e se posicionou:

– Eu aposto que a intervenção é uma grande ação política do Temer, que está com o conceito lá embaixo. Mesmo assim, com um índice de rejeição enorme e ameaças de futuros processos, pensa em se reeleger para manter o foro privilegiado.

– Ele não se elege nem para vereador.

– Nem pra síndico – risos.

– Foi impedido de nomear a filha do seu amigo Roberto Jefferson para a Pasta do Trabalho. Não dava, né? Ela tinha dívidas trabalhistas. Também teve que dispensar a Ministra dos Direitos Humanos Luislinda Valois, que não tem valor e nem é linda.

Gargalhadas.

– Ela fez um comentário ridículo sobre o trabalho escravo, recebia polpudas aposentadorias e falou que era como uma pobre da periferia. Coitadinha.

Mais risos.

A brincadeira com o nome da ministra que foi ridicularizada na imprensa provocou muitas gargalhadas.

Um outro disse:

– O Presidente está sem prestígio até com os seus correligionários. Não teve garantia de votos suficientes para aprovar a reforma da Previdência como conseguiu na votação para não ser julgado pelo Supremo e desistiu da ideia.

– É que, quando se beneficia alguém para lhe fazer um favor, ao precisar de outro tem-se que dar muito mais e a fonte secou. Aí ele fez uma "jogada de mestre", como disse o Marum, seu porta-voz, e decretou uma intervenção no Rio de Janeiro.

A mulher mais jovem da mesa também se manifestou:

– O Temer agiu certo. A segurança do Rio está muito complicada. Os marginais dão as cartas. O Pezão disse que a situação estava fora de controle e o Presidente tinha que fazer alguma coisa. É obrigação dos cariocas aprovar a medida e acho que devemos apoiar.

Neste momento os garçons chegaram com as bandejas do jantar e a partir daí só falaram do sabor da comida e do vinho de custo acessível e qualidade boa.

Neste interim o comensal da mesa lateral já havia saboreado a sobremesa, pagou a conta e ao sair dirigiu-se à turma, desejou bom apetite e recebeu uma salva de palmas.

Era um artista famoso.

Balança mas não cai

Passado o carnaval, as notícias políticas nos jornais e nos programas informativos de televisão versavam sobre a condenação do Lula por corrupção passiva e lavagem de dinheiro.

Corrupção passiva é um crime previsto no direito penal brasileiro, que consiste no ato do agente público pedir ou receber algum tipo de compensação ilícita em troca de serviços relacionados com a sua atividade pública, e lavagem de dinheiro é o procedimento usado para disfarçar a origem de recursos ilegais quando alguém ganha dinheiro de forma ilícita – por exemplo, com crimes como tráfico de drogas, contrabando, sequestro e jogo ilegal e, para depositar em bancos, tem de armar estratégias para justificar a origem e, assim, evitar suspeitas da polícia ou da Receita Federal.

Um sítio em Atibaia, em nome de uma empresa, usado para lazer, e um tríplex onde poderia habitar, ambos de origens duvidosas, podem ser gentilezas suspeitas, mas é injusto atribuir ao ex-presidente acúmulo de fortunas que não tem em bancos brasileiros e nem em paraísos fiscais.

Através dos seus advogados o ex-presidente recorreu da condenação, argumentando que ele não aceitou a oferta do apartamento, mas não foram bem-sucedidos.

O caso do Lula foi debatido diariamente na imprensa, mas nas conversas particulares, não.

Muitos deixam de falar para evitar comentários sobre a inclusão do Temer em um inquérito que investiga o repasse de 10 milhões de reais ao PMDB em 2014 e apura o suposto pagamento de propina na edição, por Temer, de um decreto sobre o setor de portos. Foi autorizada a quebra do sigilo de suas contas bancárias.

Por incrível que pareça, no Rio de Janeiro se falou mais na queda do Eurico Miranda da presidência do Vasco do que dos problemas do Lula e do Temer. O assunto predominante foi a "Virada de mesa na Liesa".

Ao invés de comentários sobre os políticos, é preferível falar no resultado dos desfiles das escolas de samba.

Houve um tempo em que as principais agremiações eram 10, e 4 se revezavam nos primeiros lugares – Portela, Império, Salgueiro e Mangueira ou Salgueiro, Mangueira, Portela e Império, também Mangueira, Império, Portela e Salgueiro... A Unidos e os Aprendizes, ambas de Lucas, eram permanentes se alternando no quinto e no sexto lugares e outras quatro brigavam pela sétima e oitava posições para não caírem para o segundo grupo, de onde duas subiam. As apresentações começavam por volta das 21 horas de domingo, mas os horários não eram respeitados e os desfiles só terminavam na segunda-feira à tarde.

A Liesa (Liga Independente das Escolas de Samba) impôs normas rígidas, criou o grupo especial com 12 agremiações que desfilam no domingo e na segunda, mas no próximo ano serão 14, já que nos dois carnavais passados rolou um tapetão. Uma do Acesso vai subir e a questão é... quantas vão cair?

As escolas vão para o Sambódromo como se partissem para uma guerra relatada em um samba inédito:

O sambista é um soldado
Que defende as suas cores com amor no coração
Cada ala é uma tropa, bateria é a banda
A escola é um batalhão
A farda é a fantasia
A avenida é o campo de batalha
Arma pesada é alegoria
E a melodia é como a metralha
Esta é uma guerra de belezas
Da qual se participa com satisfação
Quem perde fica com muita tristeza
Mas quem ganha também chora de emoção
Assim é o samba e assim eu sou
Perdendo ou ganhando a luta nunca acabou

Na crônica "Bruzundanga", de janeiro, foi escrito: "O samba e o enredo não são bons, mas vai dar Vila na cabeça".

Errei. Não fomos aguerridos e tiramos em nono lugar.

A escola foi a mais rica da Sapucaí, fez um desfile técnico com perfeição, mas não empolgou nem emocionou.

Três agremiações fizeram a diferença: Beija-flor de Nilópolis, Unidos do Tuiuti e Estação Primeira de Mangueira, com bons sambas e enredos críticos.

Beija-flor, a campeã, emocionou a Sapucaí protestando contra a corrupção política e a violência, com o enredo "Monstro é Aquele Que Não Sabe Amar os Filhos Abandonados da Pátria Que os Pariu."

A Tuiuti chegou em segundo lugar com uma indagação: "Meu Deus, Meu Deus, Está Extinta a Escravidão?", criticando a reforma trabalhista. Apresentou uma alegoria com o Presidente da República de faixa verde presidencial e cara de vampiro. Ficou em segundo lugar.

Mangueira, com o tema "Com Dinheiro ou sem Dinheiro, Eu Brinco!", foi uma das campeãs, ridicularizando o Prefeito Crivella, bispo licenciado da Igreja Universal que praticou várias ações contra o carnaval e cortou a verba das escolas.

A Acadêmicos do Salgueiro também fez bonito com um tema sobre mulheres guerreiras, "Senhoras do Ventre do Mundo".

As demais não apresentaram novidades e as últimas foram a Acadêmicos do Grande Rio, que teve muitos problemas no desfile, e a Império Serrano, que não estava bem. Estas deveriam cair para o Grupo de Acesso, mas entraram com um ofício na Liesa argumentando que nenhuma deveria ser rebaixada. Basearam-se na decisão do ano anterior em que a Unidos da Tijuca e a Tuiuti estiveram na mesma situação, mas o regulamento foi quebrado e elas foram mantidas no Grupo Especial. Houve um grande tumulto na reunião da Liga, até que oito coirmãs apoiaram a reivindicação das verde e branco de Madureira e de Caxias e elas permaneceram.

O carioca faz gozação com tudo e sobre a "virada de mesa" da Liesa, dizem que uma escola considerada entre as mais fracas, vai apresentar, no próximo ano, o enredo "Eu Também Não Vou Cair".

MARÇO

Escolas de Samba

Em tese tudo começou com um grupo de batuqueiros que saiu em um carnaval batendo em instrumentos de percussão improvisados, tocando um ritmo próximo aos dos terreiros de umbanda que tem vários toques e foram adaptados para um cadenciado, o "bumbum paticumbum brucurundum".

Inicialmente os grupamentos eram só de homens. Depois um grupo admitiu uma mulher que era a "primeira samba" de uma "casa de santo". A pioneira empolgou dançando e outros grupos passaram a admitir mulher também. A dança passou a ser chamada de samba e o ritmo idem.

Este assunto é uma tese que pode ser defendida em um curso de pós-graduação acadêmica e ilustrada com o samba do Império Serrano, campeão de 1982, de autoria de Aluízio Machado e do Beto Sem Braço. A obra criticou as transformações das escolas e o gigantismo:

Super escolas de samba S/A
Super alegorias
Escondendo gente bamba
Que covardia

Na tese podem ser esclarecidos alguns assuntos controversos. Diz-se que um grupo conhecido como Deixa Falar foi batizado pelo compositor Ismael Silva como "escola de samba". A Deixa Falar deu origem à Unidos de São Carlos, que hoje é G.R.E.S. Estácio de Sá.

De início, as escolas de samba desfilavam com poucos componentes, cerca de cem, mas foram aumentando. Em 1959, a pequena Aprendizes da Boca do Mato, com menos de 600 integrantes cantando um samba de enredo sobre a vida do escritor Machado de Assis, foi campeã do segundo grupo e desfilou no ano seguinte entre as dez grandes escolas.

Atualmente, as principais agremiações desfilam, em média, com três mil e quinhentos componentes.

Antes ensaiavam nos morros, em terreiros de chão batido. Daí a expressão "samba de terreiro". Quando o samba esquentava e a poeira subia muito, o ensaio era interrompido. Para o pó de terra baixar, salpicava-se o solo com água previamente reservada em latas grandes e o samba continuava.

Alguns jornalistas subiam morros para assistir os ensaios, noticiavam e foram muito importantes para o crescimento das escolas.

Em fevereiro de 1932 aconteceu o primeiro desfile competitivo das escolas de samba, promovido pelo jornal *Mundo Sportivo*, e foi idealizado pelo jornalista Mário Filho.

Os espaços foram cimentados, hoje elas não ensaiam mais nas favelas, os sambas que eram "de terreiro" são chamados de "samba de quadra" e com aqueles as escolas desfilavam antes da obrigatoriedade de um enredo.

No carnaval do Rio os ranchos, se apresentavam com ricas fantasias, as grandes sociedades desfilavam com seus carros alegóricos, nos salões havia concurso de fantasias de luxo e originais. Tudo se acabou com o crescimento das escolas de samba e suas grandes alegorias, fantasias mais ricas e trajes com mais originalidade.

Quem financiava as escolas eram os comerciantes dos bairros, que montavam coretos e promoviam desfiles. Aí a Prefeitura criou a RioTur, passou a organizar o carnaval como um todo e subvencionar as escolas. Os comerciantes sentiram-se desobrigados de colaborar, os coretos desapareceram e as subvenções, insuficientes, não saíam no tempo necessário para as escolas se prepararem. A saída foi recorrer aos banqueiros do jogo do bicho que emprestavam dinheiro para ser reembolsado depois do carnaval. Normalmente não recebiam. Passaram a ser sócios beneméritos, ascenderam às presidências.

Em reunião com a RioTur, foram informados que o desfile dava prejuízo e eles fizeram um acordo com a Prefeitura no qual ela ficava desobrigada da subvenção e eles responsáveis pelo desfile do Sambódromo. Aí a Vila Isabel, Portela, Salgueiro, Imperatriz, Beija-flor, Mocidade... Lideradas pelo Guimarães e pelo falecido Castor, fundaram a Liesa, Liga Independente das Escolas de Samba.

Os desfiles passaram a ser bem mais organizados e o carnaval passou a dar lucro. Com o "apoderamento", as escolas do Grupo Especial recebem uma importância que, bem administrada, dá para realizar uma bela apresentação e até ganhar o campeonato... Mas é fundamental, além de tudo, um carnavalesco muito criativo, um bom enredo e, principalmente, um emocionante samba.

Festança

O convite dizia: *"Em comemoração aos 80 anos do compadre Martinho José Ferreira, Aldir Mattos Cardoso, oferece para os amigos comuns, no dia 15/02, uma feijoada regada com muito samba e alegria"*. À festa, organizada pela promoter Clarissa Nogueira, auxiliada pela fisioterapeuta Renata de Queiroz, companheira do anfitrião, mais de duzentas pessoas foram convidadas, quase todas confirmaram a presença e compareceram.

Antes de ser servida a feijoada houve um coquetel com petiscos variados, vinhos tintos, espumantes, refrigerantes... Às 15 horas já havia muita gente e foram liberadas as mesas de "feijão com tudo dentro", carnes separadas, arroz, couve, farofa de ovo, torresmo, pimentas variadas e laranja pera descascada e cortada. Que delícia!

Os garçons passaram a circular com bandejas de chope geladinho, tudo ao som do excelente grupo de samba Tempero Carioca, soltando as vozes em um repertório de autoria do aniversariante, em sua maioria. Amigos se reencontraram, se abraçaram. Que alegria contagiante!

Os músicos do grupo Tempero, depois de uma pausa para degustar a feijoada e bebericar, reiniciaram com um repertório variado.

Faltou lugar próximo ao palco quando a Eliana Pittman, madrinha do Tunico, subiu no palco e deu uma bela canja. Depois, atendendo a pedidos, Mart'nália, Ana Costa, Tereza Cristina, Dunga da Vila, Toninho Gerais...

O clima esquentou quando o Tempero, em ritmo animadíssimo, desfilou uma seleção de sambas antológicos. O puxador Gera aproveitou uma deixa e mandou os famosos clássicos *IV Séculos de Modas e Costumes, Iaiá do Cais Dourado, Sonho de Um Sonho, Para Tudo Se Acabar Na Quarta Feira*. Fechou com o samba campeão, *A Vila Canta o Brasil Celeiro do Mundo – Água no Feijão Que Chegou Mais Um*, o conhecido *Festa no Arraiá*, com todo mundo cantando e sambando ao redor do mestre-sala da Vila que girava bonito em volta da porta-bandeira. Foi lindo.

Os Ferreiras compareceram em peso e a mais assediada foi a Elza, com seus 91 anos e de braço na tipoia. O tempo todo se esbarrava com atores, atrizes e outros notáveis como o intelectual Mário Lúcio, grande nome da música de Cabo Verde.

Impossível nomear todos os artistas presentes. Eram muitos. De Gabriel O Pensador a Aluízio Machado e de Diogo Nogueira a Nelson Sargento.

A maior estrela da festa foi o jornalista Sérgio Cabral, que ao chegar com a Magali foi aplaudidíssimo. Não houve quem não quisesse fotografá-lo, abraçá-lo e posar para fotos com ele.

Foi uma festa de arromba, alguém da antiga diria, se acontecesse em tempos passados.

A festa estava irada, comentou uma jovem atual.

Marielle presente

Não foi possível dormir sossegado. O sono foi várias vezes interrompido com as boas lembranças da festa de aniversário, o que normalmente não faz bem, mas o despertar foi pior.

As manchetes dos jornais provocaram uma sensação de vazio, como se o corpo fosse oco:

O Dia – VEREADORA MARIELLE É ASSASSINADA NO ESTÁCIO

O Globo – LÍDER DA MARÉ, VEREADORA DO PSOL, É ASSASSINADA A TIROS

Esta crônica seria sobre as manchetes dos periódicos de hoje, mas não deu. Baixou um estado de perplexidade e de insegurança.

Nos dias seguintes os jornais noticiaram que milhares de pessoas protestaram contra a violência, sem bandeiras partidárias e sem a presença de políticos que, normalmente, aproveitam tais ocasiões. Os primeiros que tentaram foram vaiados e nenhum mais se arvorou.

Todas ações geram reações. Um padre em sua pregação comparou Marielle a Luther King e Malcolm X, que foram assassinados por defender o direito dos negros, e foi xingado na igreja. Não ligou e continuou o seu sermão. Em um bar de Ipanema, o sempre lotado Bip Bip, alguém pediu um minuto de silêncio pelo acontecido e um policial armado causou um tumulto.

Estes foram casos isolados. As manifestações de apoio foram intensas como nunca visto e, na web, internautas racistas caluniaram raivosamente a negra mártir. Todos serão processados, inclusive uma desembargadora, Marília Castro Neves, que divulgou mentiras ofensivas contra Marielle e corre risco de perder o cargo.

No enterro, o caixão dela e do seu motorista, Anderson Pedro Gomes, que também foi covardemente abatido, foi acompanhado por uma multidão quase silenciosa, silêncio intercalado com os gritos "Marielle Franco! Presente."

Não se tem memória de nenhum assassinato de duas pessoas que tenha causado tanta comoção. E não foi só o Rio que se comoveu. Foi o Brasil inteiro. E o fato foi comentado nos mais conceituados periódicos do mundo.

A biografia de Marielle é de superação:

Marielle Franco, 39 anos, foi eleita vereadora do Município do Rio de Janeiro pelo Partido Socialismo e Liberdade (PSOL), em 2016, sendo a quinta vereadora mais votada da cidade, com 46.502 votos e logo assumiu a presidência da Comissão da Mulher da Câmara Municipal.

Iniciou sua militância em direitos humanos após ingressar no Pré-vestibular Comunitário e perder uma amiga, vítima de bala perdida, num tiroteio entre policiais e traficantes no Complexo da Maré, no início dos anos 2000.

Formou-se em Sociologia pela PUC-Rio, e fez mestrado em Administração Pública, pela Universidade Federal Fluminense.

Trabalhou em organizações da sociedade civil, como a *Brazil Foundation* e o Centro de Ações Solidárias da Maré. Coordenou a Comissão de Defesa dos Direitos Humanos e Cidadania da Assembleia Legislativa do Rio de Janeiro. Mãe aos 19 anos, de uma menina, Marielle também começou a se constituir como lutadora pelos direitos das mulheres e a debater essa temática na periferia. Apoiadora dos grupos de LGBT e das questões do feminismo, vivia com uma companheira que também luta contra o racismo, é defensora dos direitos humanos e das minorias.

Marielle, provavelmente, foi executada por policiais milicianos, alvos das suas críticas.

Condoído, o povo sentiu uma sensação de insegurança neste 19 de março, Dia de São José, santo sincretizado com Xangô Aganjú, na umbanda e no candomblé. O Xangô maior é o orixá do trovão, divindade da justiça, da diplomacia e da intelectualidade. A religiosidade adquirida na infância pela maioria do povo, aflorou. Muitos católicos rezaram pelos familiares da Marielle e do Anderson a Oração de São José, o carpinteiro, protetor dos trabalhadores, pai adotivo do filho da Virgem Maria:

Senhor Jesus Cristo, vivendo em família com Maria, vossa Mãe, e com São José, Pai adotivo, santificastes a família humana. Vive também conosco, em nosso lar, e assim formaremos uma corrente de fé e oração pela vida, o amor ao Pai e aos irmãos, união no trabalho, respeito pela santidade do matrimônio e esperança viva na vida eterna. Que vossa divindade, alimentada nos sacramentos, especialmente na Eucaristia, nos anime a fazer o bem a todos, de modo particular aos pobres e necessitados. Em profunda comunhão de vida nos amemos na verdade, perdoando-nos quando necessário, por um amor generoso, sincero e constante. Afasta de nossos lares, Senhor Jesus, o pecado da infidelidade, do egoísmo, da desunião e de toda influência do mal. Desperta, Senhor, em nossas famílias, vocações para bons serviços e disposição para o trabalho. Que nossos jovens, conscientes e responsáveis, se preparem dignamente para o santo matrimônio, que amem e sejam amados. Senhor Jesus Cristo, dá, enfim, às nossas famílias, coragem nas lutas, conformidade nos sofrimentos e alegria na caminhada para a casa do Pai. Amém.

Amizades

Um dito popular: *Mais vale ter um amigo que dinheiro no bolso.* Melhor que um amigo só dois, três... Ou muitos, como tem o aniversariante narrado na crônica "Festança", uma antes da anterior.

As amizades são mais permanentes quando não há muita diferença social, os amigos são da mesma origem, tem mais ou menos os mesmos gostos e possuem cultura geral equivalente. Um pode dominar mais um assunto, outro, outros... assim são Elói Ferreira e Tom Farias, bons amigos que gostam de vinhos tintos de boa qualidade e bom preço. Nossos encontros são quase semanais, mas nos últimos meses rarearam e aqui vão os motivos. Elói assumiu a vice-presidência do Vasco, tem trabalhado muito para o time da colina. Tom tem feito muitas palestras por estes Brasis e anda envolvido com lançamentos do seu livro *Carolina, uma biografia*. As conversas descontraídas passaram a ser telefônicas. É muito bom papear com eles, pois ambos são "bons de papo".

Elói é casado com a professora Ana, Diretora de uma escola pública na Tijuca e sempre falamos de família, futebol e relações internacionais, porque ele tem uma filha, Dandara, quase diplomata, que se relaciona sentimentalmente com um nórdico. Dandara, brasileiríssima, é híbrida, alta e esguia e namora o Leif, um dinamarquês pálido.

Uelinton, o Tom, está livre e desimpedido. A nossa conversa é mais sobre literatura, poesia, conferências...

O zootecnista e advogado Elói Ferreira foi Ministro-Chefe da Secretaria de Políticas de Promoção da Igualdade Racial e é político partidário, defensor ferrenho do Lula e da Dilma. Já o Uelinton, nem tanto. Este, jornalista conhecido como Tom Farias, é um consciente militante do Movimento Negro. Assuntos políticos conflitantes são evitados, mas os problemas do ex-presidente Lula foram comentados.

Eloi, com tristeza:
— O homem foi condenado pelo Tribunal Regional Federal da 4ª Região (TRF-4) sem provas. Está na eminência de ser preso a qualquer momento.

Tom:
— Os advogados dele já entraram com pedido de habeas corpus no STF.
— Não vai adiantar. A Cármen Lúcia, Presidente do Supremo, já disse que não vai botar o assunto em pauta.

O positivismo do cronista, com alta dose de otimismo, aflorou:
— Ela vai acabar cedendo. Os Ministros vão dar um jeito de arranjar uma saída honrosa e o Lula não vai ser preso. Os advogados dele vão recorrer e, se for preciso, irão até um tribunal internacional.

Tom:
— Tenho uma notícia boa. O Lula está concorrendo ao Prêmio Nobel da Paz, uma das mais prestigiadas premiações do mundo.
— Alvíssaras! Qual foi o argumento?
— Na justificativa o conceituado intelectual Adolfo Perez Esquivel, também Nobel da Paz, disse que Luiz Inácio Lula da Silva, "Como estadista, de maneira pacífica lutou pela Democracia no Brasil e tornou-se o primeiro presidente operário da América Latina. Combateu a fome e resgatou mais de 30 milhões de pessoas da pobreza extrema, o que reduziu as desigualdades e aumentou o índice de desenvolvimento do País."
— Tomara que ganhe.
— Não muito provável. Nenhum brasileiro ganhou o Prêmio Nobel, mas é possível. Foi indicado pelo laureado escritor argentino Adolfo Perez Esquivel, ativista dos direitos humanos, com aval do Parlamento do Mercosul e tem influentes apoiadores internacionais.

O terceiro vibrou:
— Viva Lula! Viva Esquivel!

ABRIL

Unidos de Vila Isabel, uma família

No último domingo de março ao despertar com o sol das onze, o dia estava deslumbrante. Tudo é muito bonito na Barra da Tijuca, mas bate sempre uma saudadezinha de Vila Isabel, embora sem a vontade de voltar a morar lá. O pensamento viaja no tempo e vem à mente a figura do Noel Rosa: "A Vila tem/Um feitiço sem farofa/ Sem vela e sem vintém/Que nos faz bem." Valeu Noel! Feitiço no sentido de encantamento.

Não se deve esquecer do Seu China "Que criou a tal Vila/Bonita que me encantou."

Vila Isabel tem muitas vilas resumidas em duas, a Vila bairro e a Vila Escola, esta criada no Morro dos Macacos, cheio de vielas por onde andaram Wilson Caetano e Nelson Nogueira, dois poetas que escreveram:

Foi num quatro de abril, três dias depois da mentira
Que o poeta descobriu seu amor e sua lira
Com alguém se reuniu com ação de quem conspira
Mas fundou com devoção a escola de samba da Vila
E as estrelas que dormiam lá no céu
Despertaram com a grandeza e com a beleza de Vila Isabel
Quando então todo o universo, cintilando em alto astral
Anunciava pro mundo que a Vila estaria em todo Carnaval
Essa é a história do samba nascido da paz e do amor
do samba nascido da paz e do amor
Conta, conta, contador
Conta, conta, contador
Desfilou pelos escravos que a princesa libertou
Se vestiu de azul e branco e o samba renovou
Canta, canta, cantador
Conta, conta, contador

Contando:

A Vila foi fundada em 4 de abril de 1946, pelo Velho China, o Sr. Antônio Fernandes Silveira, que a registrou com as cores azul e branco, tendo como símbolo uma coroa.

O seu primeiro desfile foi com o tema Escrava Rainha e o samba-enredo foi criado por Paulo Gomes de Aquino, o Paulo Brazão, um dos fundadores.

Sua história é linda.

Em 1960, sagrou-se campeã do Terceiro Grupo com *Poeta dos Escravos*, e em 1965, vice do Segundo, ascendendo ao clube seleto das 10 grandes escolas, onde Portela, Império Serrano, Mangueira e Salgueiro se revezavam nos primeiros lugares. Surpreendentemente, a Vila superou uma delas, colocando-se na quarta posição com o enredo "Três Acontecimentos Históricos". No ano seguinte repetiu o feito, inovando com "Carnaval de Ilusões", tema dos carnavalescos Gabriel e Dario, primeiro enredo.

Até ali, as escolas apresentavam temas baseados na História do Brasil dos livros escolares. "Carnaval de Ilusões" foi o primeiro enredo imaginário.

Até 1966, as fantasias das escolas eram só de duas cores, e a Vila inovou ao introduzir a variação de tons nas fantasias, proporcionando um espetáculo visual de bom gosto, sem fugir as cores básicas da Agremiação.

Também modificou a estruturação dos sambas-enredos. Letras mais leves e melodias mais suaves na cadência do partido-alto. Sua bateria tinha características próprias sob o apito dos saudosos Wrande e Hernesto, assim como com o conceituado Mestre Mug.

Foi campeã do grupo 1B em 1979, cantando os "Anos Dourados de Carlos Machado". Em 80, foi vice do 1A com "Sonho de Um Sonho".

Em 1987, "incorporada de Maíra", como dizia o diferente samba sem rimas, a escola terminou o desfile com o povo nas arquibancadas gritando "É campeã! É campeã!"

O Presidente Ailton Guimarães preparou uma grande festa, mas quem levou o caneco, inusitadamente, foi a Mangueira.

Oitenta e oito foi um ano difícil, pois a escola perdeu o espaço que tinha no campo do América F.C., mas não desanimou. Passou a ensaiar na rua, digo, no Boulevard 28 de Setembro e, com muita garra, realizou um feito histórico: Campeã no ano do centenário da escravatura, com o enredo "Kizomba – Festa da Raça".

Em 2004, no Grupo 1A, cantando "A Vila é Parati", foi campeã, liderada pelo Bocão. E em 2006, no Grupo Especial, chegou em primeiro, comandada pelo Presidente Wilson Alves, o Moisés.

Seis anos após, fez um dos seus mais emocionantes desfiles, com "O Canto Livre de Angola". Passou pelo Sambódromo super aplaudida, foi classificada como "a melhor escola" pela crítica especializada, mas ficou em terceiro.

Em 2013, com a Família Moisés no comando e o talento da carnavalesca Rosa Magalhães, brilhou com o enredo "A Vila Canta o Brasil", "Celeiro do Mundo – Água No Feijão Que Chegou Mais Um", exaltando o trabalho agrícola. Foi a grande campeã.

Em seus campeonatos e outros memoráveis desfiles, o forte da Vila foi o samba enredo, a garra dos componentes e a harmonia. Jaburu, Waldir 59, Clarimundo e Brilhozinho, Mulato e Herval, foram grandes Diretores de Harmonia no passado. Jaiminho e Décio Bastos, no presente.

A Vila teve cinco presidentes da comunidade – Paulo Brazão, Rodolfo, Olício, Bocão e Luciano. Três mulheres exerceram a presidência. A primeira, Pildes Pereira – sua administração foi marcada por ter patrocinado a cobertura da quadra de ensaios da Rua Theodoro da Silva. A segunda, Licia Maria Maciel Caniné, será sempre lembrada por ter realizado o "Carnaval da Kizomba". Elizabeth de Aquino, a terceira, só ficou um ano na direção. Na gestão dela foi colocada uma estátua do Presidente de Honra na entrada da quadra.

A Unidos de Vila Isabel é uma família. Transmite conhecimentos, fala de amor e resistência, encaminha os mais novos para a vida de sambista. Seus compositores, apaixonados, criaram muitos sambas de amor à Escola. Vem à mente um, com melodia de Moacir Luz, intitulado *Vila Isabel*, que diz:

Os seus componentes, que beleza!
Estão nos seus corações
Recordações
E eles são a ti fiéis

Ser Vila Isabel é uma Graça Divina.

Depois da Quaresma

Subindo a estrada Rio-Friburgo no período da Quaresma, observa-se que a floresta verdolenga está belamente arroxeada pelas quaresmas. É bonito. Dá para se esquecer que o Município do Rio de Janeiro está muito mal falado na imprensa internacional. Noticiários televisivos mostram tiroteios nas favelas e comentam que mesmo com a intervenção militar no Estado, os combates entre facções criminosas não arrefeceram e que só em uma favela, a Rocinha, 12 combatentes foram mortos e, em diferentes bairros, muitos policiais militares foram assassinados.

A Cidade Maravilhosa, que continua linda e invejada pelo mundo inteiro, coloca o Brasil na berlinda pela morte da vereadora ativista pelos direitos humanos, Marielle Franco, e seu motorista Anderson Gomes, no dia 14 de março. Em uma reunião da ONU, foi recomendado que o crime seja elucidado com urgência, porque ele abala a democracia.

Os mais conceituados periódicos da Europa e dos Estados Unidos noticiaram que foram cometidos atentados contra o ex-Presidente Luiz Inácio Lula da Silva, no Sul do Brasil, com dois ônibus da sua caravana atacados com pedradas e tiros.

Na Quinta-feira Santa correu pelo mundo a notícia de que o Presidente da República do Brasil, Michel Temer, é suspeito de receber propina pela edição de um Decreto que privilegia empresas portuárias e que 13 figurões da política, dentre eles ex-auxiliares e amigos próximos dele, tiveram reclusões por cinco dias para averiguações, solicitadas pela Procuradora Raquel Dodge, e autorizadas as prisões pelo Ministro do STF, Luiz Roberto Barroso.

A Sexta-feira da Paixão ficou mais tristonha nas cidades do interior. As Procissões do Senhor Morto é um evento *down* com o esquife sendo conduzido e os desfiles da imagem de N. Sra. das Dores com um punhal no coração, mas o cortejo em Duas Barras foi emocionante: Ricos e pobres, pretos e brancos, fazendeiros e peões, adolescentes e adultos... Todos empunhando velas acesas e caminhando enfileirados como iguais.

Sábado de Aleluia, sempre alegre, não foi tão. Bonecos representando o Judas que traiu Jesus não amanheceram amarrados a postes para a molecada, ao meio dia, armados de varas, paus e tochas, fazerem a malhação. Era uma brincadeira de mau gosto que simulava um linchamento. Ainda bem que não acontecem mais. Bom mesmo foi o Domingo da Ressurreição, com banda de música, cerimônias alegres na Igreja Matriz Nossa Senhora... É dia de dar ovos de páscoa às crianças e presentear entes queridos, amigos e pessoas amadas com caixas de chocolate, ovos, coelhinhos... Católicos praticantes comungam neste dia e outros tem até o dia 20 de maio, Domingo de Pentecostes, para tomarem a comunhão pascal. Quem festejou mais o Domingo de Páscoa foram os vascaínos. Desfilaram pelas ruas festejando a vitória sobre o Botafogo por 3x2, prenúncio de mais um campeonato estadual. Vascooooo!!!

Boa Cláudio Jorge!

A primeira semana deste mês foi turbulenta. O assunto era a confirmação ou anulação da condenação, sem provas concretas, do ex-Presidente Luiz Inácio Lula da Silva. O STF ficou dividido com cinco votos a favor e outros tantos contra. A Presidente do Supremo, Cármen Lúcia, deveria decidir o empate, mas adiou a sessão para quatro dias após o julgamento dos recursos na 4a Sessão do TRE de Porto Alegre e no STJ.

O Comandante Geral da Polícia Federal fez ameaças e a indecisa Ministra Rosa Weber votou pela execução da pena. Sérgio Moro, inimigo ferrenho do Lula, determinou que ele se apresentasse no dia seguinte. Lula não cumpriu a ordem de prisão e se alojou no Sindicato dos Metalúrgicos, justamente onde ele acendeu a chama pela Democracia contra a Ditadura Militar, e de lá ele saiu preso pela Polícia do Exército. O povo, na época muito mais oprimido, não reagiu. Agora, com os cidadãos que veneram o ex-Presidente menos temerosos, eclodiram grandes manifestações em todos os Estados contra a prisão e uma multidão ficou na porta do Sindicato para impedir a invasão. Então a Polícia Federal, sabiamente, propôs um acordo aos advogados do Lula e as negociações duraram dois dias.

O Lula é um estadista e, como João Goulart em 64, que aceitou a deposição para evitar derramamento de sangue no País, também resolveu se entregar depois de fazer um discurso digno de um Nobel da Paz.

Nos jornais, muitos artigos foram escritos a favor ou contra, estes mais acéticos do que contrários. De tudo que se escreveu o que mais impressionou foi o que o músico Cláudio Jorge postou no seu blog:

"A quem interessar possa, tristeza é um sentimento que passa longe de mim neste momento. Decepção, frustração então, nem pensar, em relação a Luiz Inácio Lula da Silva.

No meu entender, o Presidente Lula cumpriu aquilo que sempre defendeu em suas campanhas até chegar à Presidência, e foi além. Se seu legado está agora sendo desmontado pelo golpe de 2016, a culpa não pode ser atribuída a ele. Isso é uma perversa covardia, erro grosseiro de interpretação por parte daqueles que se dizem decepcionados.

O que não sabíamos quando Lula foi eleito era que muita gente do nosso lado acreditava em duende, em Papai Noel, achando que um operário nordestino, de esquerda, sem um dedo, sem canudo de papel, iria chegar ao poder sem ficar exposto ao ódio daqueles que estruturaram este país a base de chicotadas.

Esperavam o que? Que Lula transformasse água em vinho e seguisse tranquilo até o final de seus dias? Eu iria adorar, mas o último que fez isso sabemos foi crucificado.

Descobrimos no mensalão que o chumbo era muito grosso, que o buraco era muito mais embaixo do que se imaginava.

A guerra de perseguição a Lula e a todos que estão com ele, não foi declarada ali. Foi detonada quando ele se elegeu, quando se reelegeu, quando falou em regularização dos meios de comunicação, quando implementou o bem-sucedido sistema de cotas, com a titulação de terras quilombolas, quando se descobriu o pré-sal e queria mantê-lo nosso, quando criou o Bolsa Família, quando obras e obras foram realizadas em todo país, quando várias universidades federais foram criadas e facilitada a entrada de negros nas faculdades etc., etc. e etc.

A "fina flor", instalada desde o Império, não se satisfez em continuar só roubando ou usufruindo de privilégios por ela mesmo criados para si, enquanto a pobreza extrema e a mortalidade infantil eram reduzidas a baixíssimos níveis. Não, isso não poderia ser admitido. Não poderia ser aceita uma independência nacional, um prestígio brasileiro na diplomacia mundial, um prestígio internacional sem precedentes tudo obra de um brasileiro vindo do Nordeste sem ser doutor. O país do futuro não poderia acontecer nestes termos.

Então evocou-se a moralidade e os "bons costumes" para arrastar para a escuridão dos negócios escusos, da corrupção, um ídolo nacional, um ícone mundial das lutas populares pela democracia. Conseguiram. E se eu for falar de tristeza, será por conta de ver democratas e tanta gente boa, embarcando nessa canoa.

Nunca tive ilusões de que haverá na América Latina um governo que não seja obrigado a lidar com banditismo, o que é uma questão de governabilidade e não de honestidade. Lidar não significa se associar, já que hoje em dia tem que ser tudo explicadinho, desenhado. Governar é uma tarefa para homens e mulheres fortes, que sabem exatamente a espessura da corda em que vão ter que se equilibrar. Isso é missão para os corajosos que colocam suas vidas em risco, para os que não têm medo do contato com o poder. Não é para nós que ficamos no conforto de nossos teclados dizendo isso ou aquilo sobre a classe política ou sobre o povo que 'não toma uma atitude'. Estou extremamente feliz por ver Luiz Inácio Lula da Silva perseguido por aqueles que eu desprezo, por aqueles que têm "nojinho" de gente socialista como se fôssemos demônios e não pessoas que simplesmente pensam diferente sobre política, governos e relações sociais, mas que querem igualdade, liberdade e fraternidade para todos, como nos países do primeiro mundo para onde tantos "insatisfeitos" com o Brasil gostam de viajar, estudar, se divertir, mas acham que esse é um direito natural exclusivo deles e não de todos os seres humanos, homens, mulheres e crianças, pretos, pardos, índios, gays e brancos.

Estou extremamente feliz por ver a maioria da população querendo a volta de Lula para Brasília e participando das manifestações.

Sinto vergonha alheia pelos repórteres da tendenciosa plim-plim sendo obrigados a transmitir entrincheirados em helicópteros, impossibilitados de cobrirem os acontecimentos históricos de perto. Estou extremamente feliz pela tranquila postura de Lula perante isso tudo, depois de toda a sua longa história política, depois dos problemas de saúde, depois da morte de Dona Marisa, depois da perseguição jurídica.

A tristeza de nenhuma forma está em mim, mas sim a indignação, a bronca, e a certeza de estar do lado certo.

Lula, como qualquer brasileiro acusado, deveria ser considerado inocente enquanto não se apresentarem provas concretas dos crimes que lhe são imputados. Assim funciona a justiça em todo planeta onde se viva sob a democracia. Fora isso é lawfare, é perseguição política, desrespeito à constituição e aos direitos humanos.

É com muita alegria que digo. Boa sorte Presidente Luiz Inácio Lula da Silva!! Pode significar pouco, mas estamos juntos. O Sr. é eterno. Os cães ladram e sua caravana passa, mesmo sob tiros, com o Sr. preso ou solto, porque suas ideias não reconhecem grades.

Me senti confortado ao ver a torcida do Vasco e a do Botafogo campeão agitarem bandeiras pedindo a liberdade do grande líder.

Sem chororô meus amigos!"

Boa parceiro! Mandou bem. Melhor que chorar é cantar para ele nos festivais de apoio, nas passeatas, nas manifestações... E nos shows, do palco ou da plateia, gritar: Lula livreeeee!!!!

A justiça e o carnaval

Esta semana passou sem grandes novidades. No Jornal Nacional, notícias de delações, inquéritos e prisões por corrupção em profusão. São tantas que já se tornaram corriqueiras.

A prisão do Lula provocou muitas lágrimas e manifestações de apoio em todas as capitais do País e em muitas cidades do exterior, com grande repercussão na imprensa internacional. Alguns recursos jurídicos foram impetrados, mas ele permanece preso. Foi apresentada uma proposição à Organização das Nações Unidas.

Por falar na ONU, não se deve esquecer a Declaração Universal dos Direitos Humanos, proclamada em 1948 uma Constituição superior.

Com uma atenciosa leitura da Declaração Universal, se conclui que o primeiro artigo se destina aos antropólogos, pois se refere aos seres vivos e o segundo, que fala da obrigatoriedade de ausência de distinção de origem, raça, cor, sexo, língua e religião é inerente aos sociólogos.

O Quinto, o Sexto, o Sétimo e o Nono merecem atenção especial dos juristas por se referirem a tortura e igualdade perante a Lei. No total são trinta e três artigos e no décimo está escrito que "Todo homem acusado de um ato delituoso tem o direito de ser presumido inocente até que sua culpabilidade tenha sido provada de acordo com a Lei, em julgamento público, no qual lhe tenham sido asseguradas todas as garantias necessárias à sua defesa".

O décimo artigo prega a independência e imparcialidade dos tribunais.

Quando se fala em Direito pensa-se logo em julgamentos corretos, baseados nas leis, nas provas, mas há juízes que priorizam os indícios e suas convicções.

Está havendo um verdadeiro carnaval entre os mais altos membros do nosso poder judiciário. Há sessões do STF que são hilárias e algumas deprimentes, com acusações raivosas, agressões verbais e até xingamentos. Só falta saírem no tapa.

Bem. Melhor é "Mudar de pato para ganso" e falar de carnaval: Em 1988 a E.S. Unidos de Vila Isabel conseguiu um título histórico, o de campeã do centenário da Abolição da Escravatura, com o enredo *Kizomba – a Festa da Raça*.

No ano seguinte apresentou o tema Direito é Direito, inspirado no terceiro artigo da Declaração Universal dos Direitos Humanos, que destaca a jurisprudência e é o mais importante porque preconiza o direto à vida.

O enredo tinha diversas conotações e foi criado para levar à reflexão. Por exemplo, "direito é um direito". Ou "direito só pode ser direito" ou ainda "Direito só é direito se for justo".

Um dos julgadores foi injusto e penalizou a nossa Comissão de Frente, formada por quatorze mulheres grávidas, devidamente liberadas por seus obstetras para participar do desfile. Elas foram selecionadas na comunidade do Morro dos Macacos e entre moradores do bairro de Noel Rosa, conhecido também como Terra da Princesa Isabel.

Na justificativa, o mal julgador, evidentemente machista, disse que os componentes das Comissões de Frente deveriam ser formados unicamente por homens do mesmo perfil físico e que a comissão apresentada pela Vila era, estranhamente, composta por mulheres. E ainda criticou que dentre elas havia altas e baixas, umas bem gordas e outras nem tanto.

Não atentou para o fato mais importante: elas estavam perfeitamente enquadradas no enredo e representavam o direito de nascer.

O ignorante nos tirou três pontos e por isso não fomos bicampeões do carnaval.

O samba era lindo musicalmente e a letra dizia:

Direito é direito
Está na declaração
A humanidade
É quem tem razão
É hora da verdade

A liberdade ainda não raiou
Queremos o direito de igualdade
Viver com dignidade
Não representa favor
Hoje, a Vila se faz tão bonita
E se apresenta destemida
Unida pelos mesmos ideais
Lutando com a maior sabedoria
Contra os preconceitos sociais
A Declaração Universal
Não é um sonho, temos que fazer cumprir
A justiça é cega, mas enxerga quando quer
Já está na hora de assumir
Sei que quem espera não alcança
Mas a esperança não acabará
Cantando e sambando acendo a chama
E sonho um novo dia clarear

Clareou
Despertou o amor, que é fonte da vida
Vamos dar as mãos e lutar
Sempre de cabeça erguida

E quando o amanhã surgir, surgir
A flor da paz se abrir
Será prosperidade
A brisa vai trazer mais alegria
No mundo haverá fraternidade

Direito é direito
Está na declaração
A humanidade
É quem tem razão

MAIO

Tristezas alegres

Maio é um mês alegre, mas nos primeiros dias encrudesceram as tristes intolerâncias religiosas e um centro espírita de Nova Iguaçu sofreu um ataque de vândalos.

A intolerância religiosa no Brasil é, praticamente, contra o espiritismo pelo medo que causam as reencarnações. O catolicismo também é agredido por causa do culto a imagens de santos e de Nossa Senhora, porém os intolerantes são mais raivosos contra as religiões de origem africana. Neste caso, a intolerância vem embutida de racismo por causa do culto aos ancestrais.

A ancestralidade cultural africana está muito presente na cultura negra brasileira. O candomblé e a umbanda têm mais adeptos do que em muitos países da África. Aqui se desenvolveram como verdadeira religião e influenciaram doutrinas de alguns seguimentos do protestantismo que passaram a fazer sessões de descarrego.

A umbanda praticamente se fundiu com o catolicismo e um percentual enorme de católicos também são candomblecistas.

Tem um cunho religioso a maioria das nossas manifestações folclóricas e são praticadas por afro-brasileiros. O samba também tem espiritualidade, porque nasceu nos terreiros onde se pratica os cultos espirituais.

Uns dizem que ele nasceu na Bahia, outros falam que foi no Rio de Janeiro, mas o samba pode ter surgido em qualquer outro Estado, pois em todas as cidades do Brasil os escravos batucavam nas senzalas e entoavam suas zuelas.

As tradições e as crenças vindas do continente negro estão muito presentes na cultura brasileira, inclusive os costumes relativos a nascimento, a vida e a morte, como, por exemplo, os combas e os gurufins.

Combas são reuniões que amigos e parentes fazem nas casas africanas quando há um falecimento. Levam comidas, bebidas, batucam, cantam... Se o falecido é importante os combas são de muitos dias. O intuito é alegrar os enlutados.

Aqui os gurufins tem o mesmo objetivo, mas o ritual caiu em desuso porque os as vigílias são em capelas, não mais residências.

No Rio de Janeiro quando morre um sambista conceituado que é identificado com sua escola de samba, o velório é na quadra de ensaios e, com a Bandeira da Escola sobre o esquife, primeiro se reza e depois os amigos, ao redor do caixão, lembram de composições do falecido ou músicas que o finado gostava. Começam cantando baixinho, de maneira lamentosa, mas a música vai contagiando e a cantoria fica envolvente.

Quem participa de um velório de personalidade do samba jamais esquece, portanto, uma boa maneira de atuar contra os preconceituosos é se achegar a eles com doçura e atraí-los para o nosso convívio.

Foi fantástico o velório do Beto Sem Braço, na quadra da Império Serrano, o do Luís Carlos na Vila em Vila Isabel e o do Cabana em Nilópolis. Este teve um momento inusitado: o Anízio, patrono da Beija-flor ia lembrando de músicas do compositor e o povo cantarolava. Em dado momento aconteceu um lance incrível. Um samba antigo estava sendo puxado de maneira errada e a Tereza, viúva do Cabana, com os olhos vermelhos de tanto choro, se achegou e puxou a letra certa. Ela, a musa do samba, cantava e chorava. Em seguida emendou com um outro, deixou os presentes cantando e se afastou lacrimejosa. Foi emocionante.

Na hora dos enterros os sambistas são mais contidos, mas também se canta e quando o corpo baixa à sepultura, os aplausos são frenéticos. Assim foi o funeral da Dona Ivone Lara, considerada como a "Grande Dama do Samba". *Sonho Meu*, música dela em parceria com o saudoso Décio Carvalho, foi cantada em forma de oração.

Luiz Fernando Veríssimo escreveu: "Os tristes dizem que o vento geme; os alegres acham que ele canta".

Quando este cronista morrer, tomara que não o velem em uma capela mortuária. Não tem a menor graça, pois não se pode cantar.

A alma dele ficará feliz se o seu corpo estiver em um lugar onde possam orar juntos, católicos, protestantes, messiânicos, espíritas, judeus...

A melhor atitude que os ativistas podem tomar para transformar os intolerantes é a realização de descontraídos atos ecumênicos.

Duas Barras – Monnerat

Que cidadezinha bucólica!

Tranquila, tem uma boa qualidade vida e gente acolhedora de hábitos simples.

O núcleo inicial da população bibarrense formou-se na localidade denominada Fazenda Tapera, onde os primeiros colonos ergueram uma capela dedicada à Imaculada Conceição, a padroeira. Duas Barras era uma Vila que ao ser desmembrada do Município de Cantagalo, foi elevada à categoria de Cidade.

Ideal para quem gosta de se integrar à natureza, Duas Barras, cercada de montanhas, tem clima ameno e tende a se transformar em um polo turístico fluminense, o que não será bom por causa das transformações, mas não vai dar para segurar porque este deve ser o seu destino.

A cidade, com bons restaurantes especializados em bacalhau, é uma das mais conhecidas do interior do Estado e, para os que sonham visitá-la, há um samba denominado *Meu Off Rio* que dá a posição geográfica:

Nos arredores, Cantagalo, Teresópolis
Nova Friburgo e Bom Jardim, bem no caminho
Meu off Rio tem um clima de montanha
E os bons ares vêm da serra de Petrópolis
É um lugar especial
Para quem é sentimental
E aprecia um gostoso bacalhau
O galo canta de madrugada
E a bandinha toca na praça
Na entrada há um vale
Que é encantado
Tem cavalgada, tem procissão
As cachoeiras principais de lá são duas

E a barra é limpa porque lá não tem ladrão
Tomo cachaça com os amigos
Lá em Cachoeira Alta
E na Queda do Tadeu, churrasco ao lago
Pra ir pro Carmo
Tem muita curva
E a preguiça então me faz ficar na praça
Eu nem preciso trancar o carro
A chave fica na ignição
A minha Vila fica meio enciumada
Se eu pego estrada e vou correndo para lá
Se alguém pergunta, eu não digo
Onde fica o tal lugar
Mas canto um samba para quem adivinhar

Duas Barras, ô cidade festeira! Além da Festa da Padroeira, tem a da Emancipação, a da Cooperativa, do Folclore (com dezenas de Folias de Reis), a do Aipim Com Torresmo, a Festa do Bacalhau... Há três restaurantes especializados. O Casa de Bamba, o Dom Bacalhau e o Roda Viva.

Rolam também folguedos nos Distritos, que são três, inclusive Fazenda do Campo.

O segundo é Monnerat, na verdade uma cidadezinha alegre e acolhedora. Quando este bibarrense que escreve nasceu, na fazenda Cedro Grande, ela era propriedade do Distrito de Monnerat, fundado por uma família de suíços cujo chefe, François, chegou ao Brasil 47 anos e sua esposa Elizabeth com 36, trazendo seus sete filhos: Ursule, Jean, Marie Barbare, François, Sebastien, Marie e Henri, todos com um único sobrenome: Monnerat.

Nas mãos, o patriarca François carregava um atestado de boa conduta emitido pelas autoridades do cantão de Berna. Na cabeça trazia sonhos de uma vida mais feliz e farta. Começava dessa forma a saga da família Monnerat em terras brasileiras. Conforme relato no livro de Bandeira Vaughan, inicialmente foram instalados em

Nova Friburgo, distrito de Cantagalo que abrangia grande parte da Região Serrana do Estado do Rio de Janeiro. Com o desmembramento, eles foram para a Cidade de Cantagalo. Prosperaram e compraram 400 alqueires de terra na sesmaria de Rancharia do Norte, atual município de Duas Barras, para onde se mudaram e se fixaram na área que hoje é o Segundo Distrito. Lá formaram uma associação e os descendentes se reúnem, todos os anos, ao menos uma vez.

Como já foi dito, foi fundado por uma família de suíços e este bibarrense, graciosamente, considera a desbravadora família Monnerat como seus antepassados.

A bola não vai rolar

Estamos há um mês da festa de abertura dos jogos e parece que não vai haver Copa do Mundo. Pouca gente sabe que o maior evento futebolístico vai ser realizado na antiga União Soviética e que a bola vai rolar em várias cidades da Rússia.

Antes, em ano de copa, logo após o carnaval o assunto mais abordado era a nossa seleção.

Ainda não se vê nenhum muro pintado com os nomes dos principais jogadores brasileiros. Será que não vão pintar as ruas, pendurar bandeirinhas e enfeitar a Cidade, agora nem tão maravilhosa, de verde e amarelo?

Parece que não.

Quem ornamenta ruas de verde, amarelo, azul e branco, pinta paredes e empina bandeirinhas é o povão e este não anda muito alegre nem orgulhoso do País. Talvez se animem se o Brasil chegar às quartas de final.

As cores simbólicas nacionais foram apropriadas pela classe dominante politicamente da direita e por alguns dominados que seguem cegamente os da elite conservadora. Estes levantam a Bandeira Nacional nas manifestações vestindo a camisa da CBF. Os de tendência esquerdista, simpatizantes do tom vermelho, ao se juntarem para expressar sua opinião nos atos de protesto, trocaram a bandeira verde e amarela por estandartes rubros.

E agora? Como fazer para todos torcerem juntos pela nossa seleção?

Ninguém está satisfeito com a situação do Brasil de hoje, em sensível crise econômica e política, e nosso futebol está nivelado por baixo. Os jogadores que atuam nos clubes daqui não estão selecionados e não há quem acredite, piamente, que os milionários defensores dos times estrangeiros, os únicos convocados, vão "se matar" para trazer o hexa. É consenso, pensamento comum coletivo, que as estrelas não se arriscam em bola dividida.

Em outros tempos, os torcedores se gabavam de o seu time do coração ter o maior número de craques convocados, e outros se vangloriavam por ser de suas equipes os prováveis titulares. Discutia-se porque os Clubes do Rio e de São Paulo estavam mais bem representados e comentava-se que os atletas de Minas Gerais e Rio Grande do Sul eram os mais virtuosos.

Hoje, se me perguntarem quem são os nossos principais craques que atuam no Brasil, eu terei dificuldade de citar um. Quanto aos "estrangeiros" eu só posso dizer que um é o Neymar, mas ele se contundiu e corre o risco de não se recuperar a tempo. Outro é aquele preto cabeludo que joga na Real Madrid, o ... Como é mesmo o nome dele?... Ah! Lembrei. É Marcelo. Também tem aquele novinho, o... Ai Jesus, me esqueci! Não me vem à mente nem o nome daquele mais velho, o... Os outros... Sei lá, não sei.

Só sei que tudo indica que não vai haver eleição. Epa! Ato falho.

Queria falar Copa do Mundo.

Um dia histórico

Treze de maio é um dia memorável. Em 1888, foi assinada a Lei Áurea, que aboliu a escravatura no Brasil.

Muitos ativistas do Movimento Negro não festejam porque, passados 130 anos, a situação do negro no Brasil ainda é péssima. Outros comemoram porque a Lei Áurea não foi uma dádiva da Princesa Isabel e sim a vitória de uma luta de corajosos abolicionistas com a palavra e de muitas batalhas provocadas por guerreiros negros, cujo símbolo maior é o heroico Zumbi dos Palmares.

Além de tudo, o 13 de maio é importante porque é o Dia de Nossa Senhora de Fátima, que apareceu para três pastorezinhos: Francisco, Lúcia e Jacinta. Como é bom cantar alegremente:

Ave! Ave!
Ave Maria!
13 de maio
Na Cova da Iria
No céu aparece
A Virgem Maria

Da agreste azinheira
A Virgem falou
E aos três a senhora
Tranquilos deixou
Ave, ave, ave Maria
Ave, ave, ave Maria

Particularmente, é dia de festa o 13 de maio porque, justamente hoje, faz 25 anos que Martinho e Cléo se casaram, civilmente, em Duas Barras, na Fazenda Cedro Grande. Foi um ato simples e emocionante, apadrinhado pelo Seu Mário e Dona Maria, os caseiros. Além do Juiz que oficiou a cerimônia, o Robinho Calvo, dono do cartório, e o escrivão, só presenciaram a Eva, filha dos padrinhos e o Professor Mindo Calvo.

Tradicionalmente maio, o "Mês de Maria", é o que os noivos apaixonados escolhem para casar.

Hoje também é o Dia das Mães. A melhor mãe do mundo foi Dona Tereza de Jesus, que soube educar os seus filhos e tinha um muito bom coração:

Coração de mãe não se engana
É a voz do povo que fala
É a própria energia que emana
É o perfume que exala
É a caixa e o segredo
Segredo
O clarão que mais clareia
Clareia
É a bomba que bombeia
Seu sangue pra minha veia
Foi a mão de Deus
Que lhe lapidou
Pra amar seu Filho
Do jeito que for
As suas mãos são moldadas
Pra coser, lavar e passar
A sua boca talhada
Pra cantar canções de ninar
Seu peito, leito, aconchego
Por cansaço se libertar
Seu colo é um paraíso
Pra se dormir e sonhar
Foi a mão de Deus...

Mãe Tereza era muito católica e devota de Nossa Senhora, em particular da de Aparecida. É uma alma santa que está no céu. Não fez milagres comprovados, mas deveria ser canonizada.

No candomblé, assim como as Nossas Senhoras de Aparecida, das Cabeças, de Lourdes, da Conceição e de Nazaré, Nossa Senhora de Fátima é sincretizada com Oxum, Orixá feminino da fertilidade e das águas doces. Na umbanda hoje é dia dos Pretos Velhos, ancestrais africanos. Nos terreiros os tambores tocam também para os caboclos das selvas brasileiras, também são da ancestralidade, pois o vovô paterno era um índio goitacás.

A história do vovô, passada boca a boca, é interessante. Quando menino ele foi aprisionado nos arredores de Campos, por uns caçadores de onça, levado para Duas Barras e criado por uma família de cultivadores de café. A Sinhá se afeiçoou a ele e o tratava como um filho, batizou-o com o nome Martinho José Ferreira, graça herdada por quem escreve.

Agora, voltando a falar sobre este mês de maio, no dia 31, acontecerá a cerimônia de bodas de prata do casamento com a Cléo, em uma cerimônia ecumênica no Teatro Clara Nunes, com bênçãos do Padre Omar e do Pastor Paulo, com a presença do Babalaorixá Ivanir dos Santos, ao som do violão do Gabriel de Aquino e o bandolim do Alaan Monteiro. No casamento quem tocou foi o Mané do Cavaco, mas ele já está no céu. Vai ser um ato importante, pois servirá para incentivar as ações em prol da tolerância religiosa.

O casal envergará os mesmos trajes que usaram em 1993 no casamento religioso, sem nenhuma adaptação. O vestido de noiva coubera perfeitamente nela, o terno branco e a camisa listrada também nele, mas, por causa da barriga, não dará para abotoar o paletó.

JUNHO

Ana e Solange

São duas amigas inseparáveis como eram Dona Ida e Dona Alzira, professoras que foram muito importantes na vida deste brasileiro. Cariocas de São Paulo, as duas teatrólogas que produziram e dirigiram duas peças infantis com relativo sucesso (*O lobãozinho e o chapeuzinho vermelho* e *Os três porquinhos e o lobãozinho*), se juntaram ao Produtor Luiz Marcelo Legy e fizeram uma peça adulta: *Martinho 8.0, uma filosofia de vida*, baseada no livro *Memórias Póstumas de Tereza de Jesus*.

O espetáculo, com curadoria de Clediomar Ferreira e dirigido pelo William Vita, começa com uma cena bonita dos personagens Tereza e Josué, representados pelos atores Ana Miranda e Júnior Vieira, no centro do palco totalmente vazio, representando os pais do homenageado.

É o primeiro momento de emoção.

O pequeno ator, Victor Hugo, apresenta-se muito bem ao interpretar o idoso na adolescência e proporciona um segundo lance lindo, que é o da passagem para o Junior Vieira fazer a segunda fase da vida do laureado. Ana Fernandes interpreta muito bem a Professora Dona Ida, considerada a segunda mãe do homenageado.

A história é bem contada com excelente desempenho dos atores Nil Marcondes, representando o Martinho atual, e Babi Xavier no papel da Cléo.

A peça estreou no início deste mês e vai até 15 de julho, de sexta a domingo. No dia de feriado de Corpus Christi, quinta-feira 31, houve uma sessão extra. E como era o dia do vigésimo quinto aniversário de casamento do casal Cléo-Martinho, depois do espetáculo foi realizada a cerimônia de Bodas de Prata.

Nós pretendíamos fazer a renovação de votos só com o Sacerdote Omar e o Pastor Paulo, além deles só a presença dos filhos do casal, Preto e Alegria, bem como com todos os outros filhos paternos, mas só puderam comparecer o Martinho Antônio e a Analimar. Foi tudo combinado "à boca pequena", mas a notícia da cerimônia vazou, o público que lotou o teatro não arredou pé e as produtoras Ana e Solange mandaram abrir as cortinas.

Aplausos eclodiram.

Quando ele entrou por um lado e a Cléo pelo outro, ela com o mesmo vestido de 25 anos atrás e ele com o respectivo terno do casamento, o público aplaudiu de pé, freneticamente.

O Padre Omar, que envergava seus paramentos lindos, acenou para o Pastor Paulo dar início à solenidade, este falou belas palavras, leu um versículo bíblico e rezou o Pai Nosso, acompanhado pelo público em vozes altas. Foi emocionante. Em seguida, conforme o planejado, o Preto e a Alegria colocaram as alianças no altar, foi dada a bênção, colocados os anéis e autorizado o tradicional beijo, tudo sempre sob muitas palmas, sorrisos e boas lágrimas.

O Padre Omar também é cantor e interpretou uma canção romântica acompanhado pelo cavaquinho do Alaan e o violão do Gabriel.

Liberada a palavra ao casal, a Cléo relatou, rapidamente, passagens das pré-núpcias e recitou um trecho do *Samba dos Passarinhos*, uma das muitas músicas das quais ela é a musa:

Um corpo ardente riscou o céu
E o pedido que fiz
Foi para ser sempre seu
Só seu, só seu, só seu

Em seguida o Martinho disse que estava muito feliz e que iria fazer uma grande festa com comes e bebes e completou sorrindo:

Todo vocês estão convidados!

Eclodiram palmas e sussurros alegres e alguém com voz forte gritou:

– Quando vai ser? Onde será?

Ele, galhofeiro, completou: – A festa vai acontecer nas bodas de ouro, em 2043.

Uns ficaram pensativos, outros gargalharam e o evento terminou com o brado: Axé pra todo mundo!

Obrigado Ana, grato Solange!

Minha nova namorada

Ela é bonita, muito linda mesmo.

A primeira vez que a vi era ainda muito jovem, quase virgem. Uma fruta verdinha em todos os sentidos.

Seu verde calmo se confundia com o azul de um imenso mar.

Hoje está mais madura, imponente como uma égua competitiva.

Vista de cima, de asa delta, de monomotor, parapente... É deslumbrante. Um avião planado.

Paquerei sem sonhar, pensando "é muita areia para o meus pés tão caminhados".

Mas a brisa da sorte, aquela que sopra sempre para o lado dos poetas, me ventilou e tive a ventura de conhecê-la.

Devagarinho fui me achegando. Flertamos.

Descobri seus outros encantos, seus recantos...

Deixei-me levar nas suas águas e estamos namorando, bem enamorados.

É certo que vou me apaixonar porque ela é bela, segura, dominante.

Não é Duas Barras, mas é calma. Não tem tantas vilas como a Vila, mas é tranquila.

Não tem muvuca, tem *point*.

É a Barra da Tijuca.

A mudança de Vila Isabel para a Barra foi por imposição da Cléo, que adora o bairro. Moramos em três apartamentos no mesmo condomínio, o Ocean Front. Depois, uma casa no Quintas do Rio, e finalmente no Golden Green. A Cléo é mutante e onde vai a corda vai a caçamba: um ano em Duas Barras e depois em quatro endereços de Vila Isabel, de onde não pretendia sair.

De início foi sentida, em muito, a diferença da Vila para a Barra. No primeiro junho, nenhum festejo de Santo Antônio, São João, nem São Pedro. Em setembro passou em brancas nuvens o dia dos santos Cosme e Damião.

Estamos no ano da Copa do Mundo na Rússia, a nossa seleção fez o último jogo amistoso contra a Áustria, em Viena, ganhamos de três a zero com golaços, mas na Barra ninguém soltou um morteiro e não se ouviu um grito de gol.

Fora da virada dos anos em que se vê um bom espetáculo pirotécnico e há festas nos clubes dos condomínios, o pessoal daqui só faz barulho batendo panelas em sinal de protesto.

Nos regressos de viagens, ao sair do aeroporto e tomar este destino, sentia a má impressão de que continuava viajando.

Agora é normal abrir um sorriso ao ver a placa na entrada da Barrinha: "Sorria, você está na Barra".

A pretensão é sossegar o facho e ficar aqui para sempre, porém não acreditem muito nisto, pois creio não haver ninguém que goste mais de mudança do que a Cléo.

Repetindo, onde vai a corda, vai a caçamba.

Que novela!

Um jornalista perguntou:
– Quais são as suas maiores virtudes e os maiores defeitos?
O entrevistado respondeu:
– Virtudes devo ter algumas, mas não gosto de falar delas. Defeitos, certamente são muitos, mas cito só um. Não sou um bom amigo nas doenças.
– Pode explicar?
– Sim. Se um amigo estiver doente, internado, só o visito se ele disser para alguém que gostaria de me ver porque uma visita pode ser incômoda. Se ele permanecer muito tempo hospitalizado, faço somente uma visita rápida, pois me sinto mal vendo um amigo sofrendo. Por exemplo, só visitei o parceiro Arlindo Cruz uma vez. A querida Beth Carvalho, uma também.
– E presidiários?
Amigos presidiários são visitados com mais frequência porque é sabido que eles se sentem confortados.

Há dois meses o Lula continua preso e a vigília de apoio permanece firme, próxima do presídio. Centenas de pessoas todas as manhãs bradam: "Bom dia, Presidente Luiz Inácio Lula da Silva!", e ao anoitecer: "Boa noite, amigo Lula".

No dia de São Jorge, 23 de abril, foi feito um pedido de autorização de visita:

Exma. Senhora Juíza CAROLINA MOURA LEBBOS

Saudações
Gostaria de fazer uma visita ao ex-presidente Luiz Inácio Lula da Silva com minha esposa Clediomar Ferreira.
Trata-se de uma visita de amizade, sem conotações políticas.
Isto posto, solicito autorização.
Antecipadamente grato.

Abaixo da assinatura foram colocados os telefones dele e da esposa. Também o e-mail particular. Imediatamente, veio a resposta:

Recebido.
O pedido será inserido no processo respectivo e analisado pela Magistrada.
Atenciosamente,

Celine Salles Migdalski
_____
Diretora de Secretaria
12ª Vara Federal de Curitiba (PR)

Minutos após, um jornalista do Estadão ligou querendo uma entrevista sobre o pedido de visita ao Lula.
– Como você sabe disso?
– Tenho aqui o seu e-mail.
– E quem lhe deu este meu número de telefone?
– Foi publicado agora mesmo em um lugar que todos os advogados e jornalistas têm acesso.

No outro dia, o assunto viralizou. Em consequência, chegaram alguns e-mails desagradáveis. Não foram muitos porque, felizmente, os jornais republicaram o meu pedido com uma tarja preta nos contatos pessoais, o que a Diretora da Secretaria da 12ª Vara Federal deveria ter feito.

Dois meses após, no dia 2 de junho, foi feita uma reiteração de pedido, cautelosamente, sem colocar endereços no corpo da mensagem:

Exma. Senhora Juíza CAROLINA MOURA LEBBOS

Feliz fim de semana!

Reitero o meu pedido anterior de autorização para uma visita

ao ex-presidente Luiz Inácio Lula da Silva.
Esperando ser atendido,

(Cautelosamente, sem colocar endereços no corpo da mensagem)
A Senhora Secretária Celina Salles informou:

Bom dia, Sr. Martinho.
A MM Juíza Federal Substituta decidiu, há algumas semanas, que não há necessidade de autorização judicial e que, portanto, as visitas serão agendadas diretamente pela Superintendência da Polícia Federal de Curitiba.
Atenciosamente,
Celine Salles Migdalski

Segue a novela:
A Secretaria da Polícia Federal foi muito receptiva. Me deram o contato do Dr. Manoel, advogado do Lula e ele, gentilmente, marcou a visita para o dia 18 e informou:

Boa noite!
Como lhe disse ao telefone, a visita no próximo dia 18 (segunda-feira) vai das 16:00 às 17:00 horas, na sede da Polícia Federal, em Curitiba.
Caso precise de algum apoio aqui, podemos providenciar quem lhe busque e leve no aeroporto e fique à disposição durante a estada em Curitiba.
O Lula está numa sala simples, mas com algum conforto. O importante é que poderão conversar sozinhos e à vontade.
Para qualquer dúvida estou à disposição.
Fraternal abraço.
Manoel Caetano

Que boa notícia! Porém, em seguida, mandou outra mensagem:

Prezado.

Houve uma mudança de critério aqui na Polícia Federal e, com isso, as visitas ao ex-Presidente Lula nas segundas-feiras voltaram a ser feitas somente por "religiosos". A visita de amigos está admitida somente para às quintas-feiras.

Assim, lamentavelmente, pedimos sua compreensão para mudar a data da sua visita para uma quinta-feira, como tínhamos inicialmente previsto.

Poderia ser no dia 28 deste mês?

Pedimos desculpas por este transtorno e contamos com a compreensão, pois sua visita será muito importante para o nosso sempre Presidente.

Um forte abraço.

Manoel Caetano

Aguardem os próximos capítulos.

Copa do Mundo

É dia de jogo. A seleção do Brasil vai entrar em campo. Não se vê quase ninguém de camisa verde e amarelo pelas ruas porque ninguém acredita no hexa campeonato. Phelippe Coutinho faz o primeiro gol e não se ouve os tradicionais fogos. A Suíça empata e termina a partida, sem muito chororô.

O segundo jogo contra a fraca seleção da Costa Rica foi um jogo tenso até o final. Ganhamos de dois a zero nos acréscimos, mas Neymar, que andava capengando, jogou bem, fez gol e animou a torcida brasileira.

O terceiro embate, decisivo para ir às oitavas de final, foi contra a Sérvia e ganhamos bem, com uma boa exibição da equipe. Alegria geral, esperanças renovadas para enfrentar o México. Daqui pra frente os jogos são do sistema chamado mata-mata. É ganhar ou ganhar.

Só deveria falar de futebol, mas, conforme prometido, vou seguir a novela do capítulo passado.

Logo que foi confirmada a visita ao Lula para o dia 18 e a Lídia Costa, administradora da empresa ZFM Produções, comprou as passagens para Curitiba e reservou o hotel, com a transferência para dez dias após, a Lídia teve de comprar novos bilhetes e alterar a reserva no hotel, além de transferir um compromisso adiável. Seguiu outro e-mail:

Estimado Dr. MANOEL CAETANO

Boa tarde!

Confirmo a minha ida na Quinta 28 Já estou com as passagens e a reserva do hotel.
Chegaremos na véspera.
Favor informar o que é possível levar, tipo CD, DVD, livros, revistas, flores...
Gratidão pelo empenho

Veio logo a resposta:

Enviada: 2018/06/17 22:50:37
Assunto: RE: VISITA AO LULA

Boa noite, prezado Martinho.
Por favor, quando puder mande os dados do voo, para providenciarmos o transporte.
Pode trazer CD, DVD, livros, revistas, flores e tudo o mais...
Não podem entrar objetos que violem a segurança (canivetes, facas etc.).
Fraternal abraço.
Manoel Caetano

Surgiu um problema. O Dr. Manoel informou, via telefone, que o Departamento da Polícia Federal havia comunicado que a Cléo não poderia entrar, teria de esperar do lado de fora. Disse também que ela ficaria em companhia da esposa dele durante a espera. Entretanto, a Cléo, que estava muito ansiosa pela visita, ficou triste e não quis ir. E agora?

Passados uns dias sem resposta, o Dr. Manoel cobrou:

Prezado José Ferreira (é assim que o Lula o chama).
Tudo bem?
Estou aguardando os detalhes de sua vinda. Qual o voo e o horário de chegada?
Um forte abraço.
Manoel Ferreira

Fim de capítulo da novela:

Estimado Dr. Manoel Ferreira
A Cléo ficou muito triste por ter de ficar de fora, desistiu de ir e eu não viajo sozinho.
Isto posto, solicito o cancelamento da visita.

JULHO

Viva Campo Grande! Viva Brasília!

A crise financeira causada pela turbulência política está terrível. Atinge a todos e, obviamente, o meio artístico. Os shows escassearam devido ao alto custo das passagens aéreas, hospedagem, alimentação... Por isso os artistas tiveram de diminuir as exigências de infraestrutura, a quantidade de músicos e até da equipe técnica. Grandes artistas estão fazendo espetáculos em conjunto, tipo: Gil e Ivete, Zeca e Bethânia, Simone e Ivan Lins, Caetano e Tereza Cristina, Martinho com Mart'nália. Assim facilitam as contratações e usam uma única banda, o que diminui os custos de produção. Individualmente privilegiam shows intimistas.

O empresário e jornalista Fernando Soares contatou a ZFM Produções, e Lídia, a gerente, colocou o seu artista para cantar em uma feijoada em Campo Grande/MS, que ele não queria ir porque não gosta de se apresentar em eventos deste tipo. Lídia argumentou que era para um público seleto, com um bom cachê e ele topou.

Pasmem. A casa tem 500 lugares, 600 reais por pessoa e lotou em plena crise. Viva Campo Grande!

De lá o artista, que também é palestrante, no dia seguinte foi para uma conferência em Brasília, no seminário "Carnaval Patrimônio da Humanidade", no lindíssimo teatro do Museu Nacional. Começou falando que a UNESCO, Organização das Nações Unidas para a Educação, a Ciência e a Cultura, outorgou ao Brasil cinco títulos de Patrimônio Imaterial da Humanidade, que são: Arte Kursiwa, Círio de Nazaré, Frevo, Roda de Capoeira e Samba de Roda.

O conferencista discorreu um pouco sobre cada um citado, disse que um é indígena, o segundo é paraense, o outro pernambucano e os dois últimos baianos, mais lamentou a ausência do samba desenvolvido no Rio, que é nacional.

Lembrou que o samba é um Patrimônio Cultural do Brasil, reconhecido pelo IPHAN, Instituto Histórico e Artístico Nacional, mas é um título brasileiro, não é universal.

Ou seja, o nosso principal ritmo ainda não é reconhecido pela UNESCO.

O título de Patrimônio da Humanidade foi estranhamente concedido ao samba de roda, que é um tipo de samba, assim como o samba de breque, o sambalanço e o tambor de crioula, como tantos outros.

Lembrou que o Brasil tem quatro símbolos oficiais – o Hino, a Bandeira, o Selo e o Brasão das Armas –, mas internacionalmente, o samba é mais simbólico do que qualquer um dos quatro citados, por sua história e importância na sociedade brasileira. Inclusive contribui para diminuição das discriminações.

Deu como exemplo o carnaval das escolas de samba, que além de ser cultural, une pessoas de todas as classes sociais e que em uma mesma ala desfilam brancos e negros.

Em qualquer evento com sambista há uma miscigenação racial, mesmo se um show for elitizado como o realizado em Campo Grande, na feijoada do Fernando, com preço proibitivo para negros, porque, no palco, os músicos eram pretos e todos, público e artistas, se integraram através do samba.

A música dos EUA, também de origem africana, impera no mundo, mas quando o Brasil fizer um projeto bem arquitetado como a Inglaterra fez com o rock inglês dos Beatles, o samba pode suplantar a música americana em todo o universo.

Declamou a letra do seu samba intitulado *Claustrofobia*, tema musical que é um incentivo para o samba a se espalhar pelo mundo.

Terminou a conferência informando que em inúmeras cidades deste nosso planeta há desfile de escolas de samba no carnaval e, portanto, o samba merece ser Patrimônio Imaterial da Humanidade. Fez uma conclamação:

– Devemos nos unir e atuar junto ao Ministério da Cultura para que seja feito um projeto e enviado para a UNESCO, com o argumento de que o samba é universal e merece a honraria.

Alô Ministro da Cultura!

Brasil a caminho do hexa

Como está escrito em uma crônica do mês de maio, os brasileiros que não são muito ligados em futebol custaram a entrar no clima da Copa. Assim também os que têm um time de coração, mas nem sempre curtem ver uma bola rolando. Estes estavam mais preocupados com a confusão que reina na política e na economia brasileira e com a greve dos caminhoneiros que parou o País.

A nossa seleção estreou jogando mal contra a fraca Suíça e só conseguiu um empate. Em seguida, jogou bem com a fraquíssima Costa Rica, ganhou de dois a zero, mas com gols só na prorrogação, o que aumentou o descrédito no hexa. Depois ganhou da Sérvia jogando bem, classificou-se para as quartas de final em primeiro lugar do grupo e todo mundo se animou. Aí, ridiculamente, perdeu para a Bélgica e a tristeza foi quase geral.

No dia do humilhante jogo com os belgas, este vascaíno estava em São Paulo, querendo ver o jogo no Rio, e o seu voo estava marcado para às 17 horas. Ao meio dia, resolveu ir para o aeroporto de Guarulhos em companhia do Fernando Santana, o assessor de imprensa, pensando na possibilidade de antecipar a viagem e pegar o das 13h, mas o voo foi cancelado porque choveu forte e uma neblina espessa deixou Congonhas sem visibilidade. Decolagens e aterrisagens foram interrompidas. Havia um outro para às 14h30. Esperançoso, ficou aguardando por mais de uma hora na fila de espera, porém nenhum passageiro marcado faltou e não foi possível embarcar. O aeroporto estava abarrotado de gente, e o artista, mal-humorado e com fome, dado ao seu ofício tinha de sorrir para fotografias de fãs.

A Sala VIP também estava lotada e teve de assistir o jogo em pé.

Antes do fim, muito cansado por mais de cinco horas no aeroporto, de passo acelerado ao invés de "devagar, devagarinho", encaminhou-se até o portão de embarque e finalmente sentiu-se aliviado no estreito assento do banco do avião.

Ao seu lado sentou-se um passageiro com a camisa amarela da seleção e veio-lhe à mente um pensamento: "Esse cara deve ser um 'coxinha'".

Não era. Acenou sorridente com a cabeça, pediu um autógrafo em um livro que tinha em mãos, disse que era mineiro, já havia lido o *A Serra do Rola-Moça*, que gostou do drama e fez pequenos comentários.

Todo escritor fica feliz quando alguém diz ter lido um livro seu.

Durante a viagem, falando sobre futebol, disse que era corintiano como o Lula e perguntou:

– Já foi visitar o Homem?

– Ainda não.

– Quando for diga a ele que viajou com um petista verde-amarelo. Fale que temos de pegar de volta a Bandeira e assumir as nossas cores.

– É... A direita tomou conta do nosso Pavilhão. Estão mandando.

– Sim, mas a brasilidade deles é controversa. A Democracia Brasileira gozava de grande conceito internacional e o Brasil era visto como a nação mais promissora. A Dilma foi reeleita, criaram uma crise política e fizeram de tudo para ela não conseguir governar. Arquitetaram o *impeachment*, veio a crise econômica e "a vaca foi pro brejo".

– Verdade. O País era a sexta maior economia do mundo e despencou. Nos últimos dois anos o desemprego aumentou e a pobreza também.

– E a situação econômica e política continua confusa com o imbróglio da venda de refinarias e outros próprios da Petrobras, leilão de distribuidoras da Eletrobras...

– E querem vender a Embraer. O pré-sal, que seria um passo para o futuro, já não é mais só nosso.

Para descontrair eu falei sorrindo:

– E o meu Vasco também anda mal, hein!

– Não só ele, todos os nossos clubes. Viu o jogo da seleção?

– Vi quase todo. Ganhamos um vareio da Bélgica. O negão Lukaku deitou e rolou na defesa brasileira. Os nossos "estrangeiros" só jogam bem na boca do Galvão.

Sorrisos.

– Quem deitou e rolou de verdade foi o Neymar. Caía de um lado do campo e rolava até quase o outro.

Mais risos.

– Agora, falando sério, uma ideia: o Presidente da CBF deveria dar ordens ao Tite para formar logo uma seleção verdadeiramente brasileira e durante os próximos três anos, só convocar jogadores que atuam no Brasil e, durante um ano, fazer jogos-treinos contra times brasileiros que estiverem bem estruturados. Depois realizar partidas amistosas contra países que tenham tradição futebolística como a França, Itália, Argentina, Uruguai, Inglaterra, Alemanha, Espanha, Portugal, Rússia, Holanda... A última convocação seria seis meses antes da estreia na copa e só então seriam chamados os craques brasileiros que estiverem se destacando no exterior.

– Concordo. Se agir assim o Brasil chegará no Qatar com grande chance de conquistar o hexacampeonato do mundo.

Vida de artista

Se um vizinho é um executivo e pela sua função viaja muito, se ao conversar com ele alguém revelar que sonha visitar um determinado país ou uma certa cidade, o vizinho diz que já esteve lá e causa uma certa inveja. Ao se comentar sobre ele, é costume dizer-se: "Fulano leva uma vida de artista".

Quem diz isto, não está se referindo ao pintor, escultor ou qualquer outra atividade artística. A referência é o cantor. Não calcula que, em geral, a estrela da música, ao caminhar em aeroportos, é muito abordada para dar autógrafos, tem de responder as perguntas do autografado, fazer pose para fotografias... Quase sempre alguém diz: "Minha mãe ou minha maior amiga, vó etc. adora você. Pode dar um alô para ela? O nome é tal." E não se pode negar um pedido desses. Faz parte do ofício.

O artista começa a trabalhar no aeroporto, depois, assentado no avião, normalmente o passageiro ao seu lado puxa um assunto, faz perguntas... Na verdade viaja dando entrevista. Normalmente o artista não pode dizer que conhece as cidades onde atuou, pois só consegue ver o trajeto aeroporto-hotel-local do show. Hospeda-se em hotéis maravilhosos, mas não desfruta. Só dá para conhecer os restaurantes. Êh vida de artista! A compensação é o carinho que vem do seu público com quem troca energia.

Em uma ópera, um espetáculo de dança e outras formas de expressão artística a plateia é apenas assistente. Já em um show musical o público se sente representado pelo artista. Este tem o palco como um templo onde ele se realiza. Entretanto, para um compositor que grava suas músicas, o templo é o estúdio onde, quando ele entra o mundo exterior passa a não existir.

Assim foi com a gravação do CD "Bandeira da Fé". Às 15 horas todos nós já estávamos no Estúdio Fibra, onde trabalhamos até 21: técnicos de gravação, auxiliares, músicos de harmonia, ritmistas... O Celso Luiz, assistente de produção chegou antes.

O disco referido foi inspirado no momento atual do Brasil. A primeira música, *Depois não sei*, versa sobre nascimento e morte; na segunda, *Fado das perguntas*, o personagem é um brasileiro que se mudou para Portugal, como tantos outros. O nosso índice de desemprego está altíssimo e em *A tal brisa da manhã* o tema é o trabalho. "Bandeira da Fé" conclama à união e em quase todas as faixas está o racismo, a mulher, o amor... E o desamor em *Não digo amém*:

Eu a amo apaixonadamente
Mas pelo presente já não gosto tanto dela
Porque ela
Está corrompida
Vendida
Perdida
E não há ninguém
Que lhe possa indicar a saída
Mesmo assim não a desprezo
E até por ela rezo
Posso até fazer promessa
E que alguém por ela peça
Não a trato com desdém
Sou responsável também
Mas olho pro céu
Me benzo e não digo amém

As 12 faixas foram gravadas apenas com cinco músicos: Gabriel de Aquino, Alaan Monteiro, João Rafael, Gabriel Policarpo e Bernardo Aguiar, com participações especiais de Glória Maria, Tunico da Vila, Mart'nália e Rappin' Hood.

O lançamento será em novembro e o sonho é fazer um show pop clássico, no majestoso Theatro Municipal do Rio do Janeiro.

Vai dar bom.

Poucas e boas

Esta crônica é dirigida aos brasileiros da classe média para cima, pois os da baixa sabem como se divertir em um fim de semana e os pobres também conseguem dar o seu jeitinho de descontrair sem pensar nos miseráveis que passam fome e dormem ao relento. Estes coitados não leem, não falam ao celular e nem veem televisão. Aliás, no rádio e na tevê notícia boa é coisa rara, mas neste julho tivemos umas poucas. Uma delas foi o resgate dos meninos tailandeses que passaram vários dias presos em uma caverna. Nenhum se desesperou, saíram um a um, sem lamúrias. Incrível.

Aqui no Brasil foi pouco noticiado o emocionante Festival Lula Livre, que aconteceu na praça dos Arcos da Lapa, mas os principais periódicos internacionais publicaram grandes matérias a respeito. Uma foto do Chico Buarque cantando *Cálice* junto com o Gilberto Gil correu mundo.

Outra boa veio da África do Sul. Fizeram uma festança para comemorar o centenário do Nelson Mandela, com muita cantoria e dança. Lindo, lindo, lindo...

Os pensamentos dele foram republicados para não saírem da lembrança, com destaque para as seguintes:

"Ninguém nasce odiando outra pessoa pela cor de sua pele, por sua origem ou ainda por sua religião. Para odiar, as pessoas precisam aprender e, se podem aprender a odiar, podem ser ensinadas a amar".

"A educação é a arma mais poderosa que você pode usar para mudar o mundo".

"Sonho com o dia em que todos levantar-se-ão e compreenderão que todos foram feitos para viverem como irmãos".

Fora isso, nada de bom foi noticiado na imprensa em geral. Nos jornais televisivos só o de sempre: crimes, acidentes, confronto entre milicianos, traficantes e polícia militar, assaltos, tiroteios, balas perdidas atingindo inocentes, invasões de residências pela polícia, sem mandado judicial. Muita violência no Brasil inteiro, classificado pela ONU em décimo sexto lugar entre os 25 mais violentos. Pasmem! Entre as 50 cidades mais perigosas do planeta, 17 estão no Brasil, país líder em número de homicídios.

Acessei na internet o portal *SONOTICIASBOAS* e o *Jornal de Boas Notícias*, mas não encontrei nada realmente muito bom que mereça um comentário.

Faz bem à cabeça passar um final de semana sem ver televisão, sem ligar o computador, sem ler jornal, sem acessar as redes sociais da internet e falar por telefone o mínimo possível. É muito saudável consultar aquela agenda antiga de papel, escalar um amigo distante e ligar só para dar um oi. Usar o tempo disponível para ouvir com atenção um disco conceitual bem produzido, acompanhando o som com as letras, ler um livro romanceado...

Repousar.

Sair de casa só para ir a um teatro ou pegar um sol na praia se o tempo estiver bom. Na segunda-feira, ao voltar à rotina, se sentirá com disposição para enfrentar a roda viva da vida, numa boa.

AGOSTO

Amigo é para estas coisas

Visitar amigo que está hospitalizado ou recluso é um grande sofrimento. Foi triste ver o Arlindo Cruz no hospital. Veio à mente a imagem da Rosinha de Valença, violonista preferida. Ela ficou doze anos em coma.

A Beth Carvalho está acamada, volta e meia conversamos por telefone.

Nestes casos, um posicionamento é só comparecer quando muito aguardado e com certeza de que a visita vai proporcionar alguma alegria a quem está enfermo, mas fica a sensação de impotência por não poder fazer nada e causa um abalo por muitos e muitos dias. O mesmo acontece com visita a presidiários. Melhor é mandar uma mensagem.

Ao saber que o ex-presidente Luiz Inácio Lula da Silva estava no aguardo a uma visita, o contato com um dos advogados dele foi por telefone:

– Alô!

– Bom dia Dr. Ferreira!

– Bom dia! Sua voz é inconfundível.

– Não nos conhecemos pessoalmente, mas algumas vezes nos falamos e a sua também já é familiar. Somos da nobre Família Ferreira.

– Nobre e imensa.

– Muito grande mesmo... E importante. Temos o Procópio ator, a Bibi atriz, o Ferreira poeta...

– E o Virgulino Lampião. Pertencemos a uma das maiores famílias do Brasil, só perdemos para os Silva.

– Por falar neles, como vai o nosso?

– Está bem. Apenas um pouco irritado pelas ordens ou desordens dos juízes e desembargadores. Num mesmo dia mandaram soltar, prender, soltar de novo, prender novamente... Agora está calmo, aguardando a sua visita.

Esta conversa ocorreu no meado do mês passado. O Dr. Manoel Caetano Ferreira perguntou se seria possível ir visitá-lo na quinta-feira, dia 3 deste agosto. Lamentavelmente não poderia, por causa de compromissos artísticos em Juazeiro e Petrolina. Porém aconteceu que a Lídia Costa, responsável pela agenda profissional, alguns dias após informou sobre o cancelamento dos shows. Imediatamente:

– Alô meu xará Ferreira! Soube agorinha que não vou mais viajar e posso ir ver o Silva Presidente.

– Há um problema. A Dona Cléo pode ir, mas não poderá entrar. Já agendei com o Chico Buarque e só são permitidas duas pessoas. A Carol ia com ele, também não vai. Posso agendar você e o Chico. Sua esposa poderá ficar esperando em uma sala confortável, a do Chefe da Polícia Federal, em companhia da Gleisi Hoffmann.

– Um momento, por favor, vou falar com ela.

Um tanto frustrada, Cléo concordou. Viajou comigo, comprou umas flores para o Lula e eu, finalmente, pude rever o Seu Inácio. Cheguei bastante apreensivo, devagar, devagarinho, calculando que ele estaria de "teto baixo". A prisão provoca um estado depressivo, difícil de ser contornado.

Que nada! Cruzamos os olhares e abriu um sorrisão.

– Alô Seu Ferreira! Até que enfim, hein!

– Oi Seu Da Silva!

Saudou, e abraçamo-nos efusivamente.

Ao receber as flores, inquiriu galhofando:

– A tua mulher ainda é aquela gaúcha de São Borja que eu conheci em Belo Horizonte no lançamento de um livro seu?

– Ela mesma. É sua admiradora, tipo fã. Evangélica sem fanatismo, ora por você quase todos os dias, vai a manifestações pela sua liberdade com uma camisa que tem a inscrição "Lula ladrão, roubou meu coração".

O sério Chico Buarque sorriu.

Sem falar muito, o Chico menos ainda, ficamos os três conversando aleatoriamente sobre futebol, música e literatura. O Lula tem pouca escolaridade, mas é bastante culto porque lê muito. Ele é o brasileiro que tem mais títulos de Doutor *Honoris Causa* outorgados por universidades daqui e do exterior e está, de fato e de direito, em prisão especial, com banheiro próprio, televisão... Falamos sobre detenção domiciliar que os advogados conseguiriam se ele abrisse mão da candidatura e ele disse "não troco a minha dignidade pela liberdade." E falou que não deseja sair da prisão enquanto não apresentarem uma prova contra ele.

O que mais o sensibiliza é a vigília que centenas de pessoas fazem dia e noite próximo ao lugar onde ele está. De manhã ele ouve:

– Bom dia, Presidente Lula!

A frase é repetida também ao anoitecer, por muitas vozes:

– Boa noite, amigo Lula!

Quase no final da visita o Dr. Rocha, um amigo antigo que também é um dos advogados, entrou na sala com o Dr. Ferreira e a Gleisi Hoffmann. Notamos que eles tinham assuntos reservados para tratar, nos despedimos e saímos.

No caminho até a sala onde me aguardava a Cléo, paramos várias vezes para fotos com policiais federais simpáticos. Antes de partirmos, a Cléo pediu ao Chico para posar em uma fotografia conosco, chamou o delegado-chefe, entregou-lhe o seu iPhone e ele, gentilmente, tirou.

A foto viralizou.

Alguns fãs, raivosos, criticaram a ação da visita. Ficaram sem resposta. Iria responder, educadamente, dizendo que não se abandona um amigo na adversidade, mas foi melhor o silêncio, pois não deu margens para tréplicas.

Josué Ferreira

Reza a lenda que uns caçadores bibarrenses se embrenharam em uma floresta antes do sol partir e saíram procurando pegadas de alguma caça para um almoço de domingo. Não eram compulsivos. Caçador compulsivo é o que tem prazer em matar animais, sem dispensar nem os em extinção. Encontraram marcas de pés de animais, arrearam as tralhas junto a uma árvore onde iam acoitar acocorados em silêncio.

Antes do anoitecer totalmente, ouviram um barulhinho de algo se movimentando e viram um vulto. Um deles se preparou para atirar e outro falou baixinho:

– Não atire! Parece que é um menino.

Era um curumim e resolveram pegá-lo. Correram um para um lado e outros para outro, cercaram, agarraram-no e o laçaram com uma corda. O indiozinho lutou muito, mas foi imobilizado, amarrado e levado para a casa de um dos caçadores, onde foi criado.

Ganhou na pia batismal o nome Martinho José e no cartório foi registrado com o sobrenome Ferreira. Passou a ser tratado como membro daquela família.

Presume-se que de início foi mantido sob vigília para não fugir, mas adaptou-se. Prestativo, ajudava nos serviços domésticos. Crescido, casou-se com Procópia, uma negra filha de africanos traficados para o Brasil e tiveram dois filhos, um deles batizado Josué, graça bíblica do livro Êxodo.

Estudos religiosos ensinam que Josué subiu o Monte Sinai com Moisés quando o profeta recebeu os Dez Mandamentos da Lei de Deus, e aprendeu com ele a ser um bom líder, corajoso e com muita fé em Deus. Conduziu o povo de Israel à "terra prometida" e dividiu Canaã entre as doze tribos.

Josué, casou-se com a negra Tereza, aquela que teve sua história familiar escrita no livro *Memórias Póstumas de Tereza de Jesus*. Tiveram cinco filhos cafuzos – Elza, Deuzina, Martinho, Nélia e Maria José. Ao se referirem a ele, orgulhosamente o chamavam de vovô índio.

Três das irmãs já estão em outro plano, Elza vive, graças a Deus.

No Dia dos Avós, 26 de julho, os netos meditam sempre sobre a vovó Procópia e o vô Martinho. No Dia dos Pais a imagem dele veio à mente com o pensamento voltado para ele, ao receber mensagens dos filhos, em um vídeo organizado pela Cléo:

Alegria: "Papito amôoo! Feliz Dia dos Pais! Te amoooo!"
Analimar: "Feliz Dia dos Pais! Pra você tudo de bom que há. Muita saúde, muito amor, muito som e muita luz."
Juliana: "Papitooo! Te amo. Beijo."
Maíra: "Oi pai! tô aqui com a Zambi sua netinha pra te desejar... Feliz Dia dos Pais!"
Mart'nália: "Feliz Dia dos Paaais! Beiju, beiju, beiju. Que o seu dia seja lindo."
Tonho: "Martinho da Vila criado na Boca do Mato. Bonne Fetes Des Peres."
Tunico: "Te amo paizão. Sua bênção. Muito Axé! Beijo."
Preto: "Alô pai! Tenha um feliz Dia dos Pais! Te amo."

Que emocionante!

Com as mensagens veio a autocrítica por nunca ter saudado o pai Josué no seu dia. Não se penitenciou porque lembrou-se que no tempo dele não havia sido estipulado o segundo domingo de agosto como Dia dos Pais, o que só aconteceu em 1953. Pai Josué já estava no céu. Que Deus o guarde.

Se fosse possível, gravaria uma mensagem e mandaria para o infinito um vídeo, dizendo:

Pai querido. Sou-lhe grato por existir, por ter sido alfabetizado pelo senhor e por ser seu herdeiro musical.

E cantaria um trecho da música *Linha do ão*:

O meu pai era colono e meieiro muito bom
Calangueava a noite inteira
Não perdia verso não

Everardo, o Rei do Bacalhau

Há muitas comemorações em Duas Barras neste mês de muitos gostos, que faz um friozinho gostoso, sem chuva. Uma das festas é a da Padroeira da Cidade, Nossa Senhora da Conceição.

Interessante: no calendário católico, o dia da Virgem conceptora é 8 de dezembro, mas é comemorado em agosto porque o último mês do ano é muito chuvoso.

Normalmente, por volta do dia 15 de agosto, acontece também a festa litúrgica de Nossa Senhora da Guia de Monnerat.

Tradicionalmente, os bibarrenses são muito católicos. Não havia por lá igrejas dos seguidores de Lutero e Calvino, mas agora há muitas. Não há nenhum templo judaico e não se tem notícia de terreiros das religiões de origem africana. São mais de ouvir cânticos de folias de reis e cantorias em ladainhas caseiras.

Na cidade do Everardo Moreira, o "Rei do Bacalhau" não é comum a prática do espiritismo. Não se ouve por lá o rufar de tambores no dia 16 de agosto, comemorativo de São Roque, sincretizado na umbanda com Omulu e Obaluaye, no candomblé. Na verdade, eles são o mesmo orixá, sendo Obaluaye um Omulu mais jovem, mas há as rezadeiras como as da música criada em parceria com a violonista Rosinha de Valença, *Benzedeiras Guardiãs*:

As rezadeiras usam águas da chuva e do rio
Curam as dores do corpo, cisco no olho, espinhela caída...
As benzedeiras vão com fé na oração
Curando nossas feridas como Obaluaê
As rezadeiras quebram Quebranto, mal olhado...
Males que vem dos ares, nervos torcidos, ventres virados
As benzedeiras são as estrelas das manhãs
As nossas anciãs, Nanãs buruquês
Afastam a inveja e o mal olhado com suas forças
Com suas crenças, com suas mentes sãs

Estaca canção é uma oração para as benzedeiras
Do coração mando este som para as rezadeiras
As rezadeiras são as nossas guardiãs
Por dias, noites, manhãs
Nanãs

A mãe do caboclo Josué, a Vó Procópia, era parente da Dona Marcionília, mais conhecida como Tia Marçunila, era uma rezadeira muito recomendada pelo Everardo Moreira, o Rei do Bacalhau.

Everardo, quando jovem, tinha uma vendinha na porta da sua casa e vendia batidas de limão e outras frutas, também refrescos e cachaça. Os fregueses mais constantes que pedissem uma branquinha ganhavam um petisco, tipo torresmo, linguiça, chouriço...

Em um indeterminado dia ele resolveu dar um passeio e pegou o trem na estação de Monnerat. O trem, que pena, não existe mais. Hoje poderia ser uma atração turística da região. O comboio, apelidado de Maria Fumaça, ligava Cantagalo a São Gonçalo, passando por Bom Jardim, Friburgo, Cachoeiras de Macacu... Na estação final Everardo entrou em uma lanchonete para comer algo e ofereceram um bolinho saboroso que ele não conhecia. Curioso, perguntou:

– Por favor, pode me dizer de que é feito esse bolinho?

– Com iscas de bacalhau, batata cozida amassada e farinha de rosca.

– Bacalhau?... Não sei o que é.

– É uma espécie de peixe salgado que vem de Portugal.

Pediu um, gostou muito do sabor, encomendou mais uma dúzia pré-cozido e solicitou que embrulhassem para viagem.

De volta à casa, ofereceu alguns para os parentes e o restante ele colocou à venda e todos adoraram.

Voltou a São Gonçalo, pegou mais informações, comprou bacalhau e passou a fazer os bolinhos e vender.

Trabalhando com afinco conseguiu abrir um pequeno restaurante com a especiaria que quase ninguém da Região Serrana no Rio conhecia. Foi um sucesso grande, motivo de muitos comentários. Gentes das cidades vizinhas se habituaram a ir jantar em Duas Barras, no tal restaurante, e o Everardo ficou conhecido como o Rei do Bacalhau. A cidade passou também a ser assim identificada.

O Everardo já foi para o céu, mas a tradição permaneceu e hoje abriga três bons restaurantes especializados, entre eles, o Roda D´água Gourmet e o Dom Bacalhau. Os bibarrenses não esquecem do lendário Everardo e em homenagem a ele realizam uma das suas grandes festas, o Festival do Bacalhau.

Palpites infelizes

A TV Globo, no Jornal Nacional, entrevistou o Ciro Gomes no dia 28, o Bolsonaro ontem e hoje o candidato Alckmin.

Os entrevistadores não se portaram como tal e sim como inquiridores. O Ciro foi o primeiro e saiu-se muito bem. O Bolsonaro comandou a matéria para deleite de seus seguidores e, certamente, ganhou novos adeptos. Começou com o Bonner mandando-o sentar-se com cuidado porque a cadeira é giratória. O candidato disse que ali parecia uma plataforma de fuzilamento, mas que se sentia confortável. O Bonner recebeu o impacto do primeiro tiro e respondeu, acanhado, que não era. A primeira pergunta do Bonner foi sobre família na política e ele respondeu com firmeza, como em todas as outras inquirições. Quando a Renata Vasconcellos perguntou sobre a diferença salarial entre homens e mulheres praticada no Brasil, Jair Bolsonaro argumentou que isto acontece até na TV Globo, onde, com certeza ela ganhava menos que o Bonner.

A impressão que ficou é de que os entrevistadores ficaram com medo dele e o Capitão se agigantou.

A última pergunta foi sobre a ditadura militar e a resposta foi uma declaração do Roberto Marinho sobre o apoio da Rede Globo ao golpe de 64. Esgotado o tempo, Bolsonaro saiu e foi lida uma nota da emissora sobre a última resposta.

O Alckmin não foi muito encurralado e a entrevista bastante xoxa.

O programa foi comentado em conversa com o advogado Fernando Ximenes, sua mulher Regina, a Cléo, o ex-deputado Edmilson Valentim e o empresário Humberto Mota. Falou-se que a campanha do Bolsonaro ia murchar e que o Ciro disputaria o segundo turno com o Haddad ou o Alckmin, mas agora o palpite é de que o Jair Bolsonaro vai ganhar no primeiro turno. As estatísticas demonstram que um grande percentual de eleitores vai anular o voto e não são os bolsonaristas. Além disso, deve-se lembrar que a maioria dos brasileiros tem como padrão de país os Estados Unidos, que elegeu o Donald Trump, e a postura do Bolsonaro é semelhante à do presidente americano.

Meditando sobre o nosso provável futuro presidente, Jair Messias Bolsonaro, entraram nos pensamentos alguns do passado: Getúlio Vargas, que abriu mão da vida para entrar na história, não precisava fazer o que fez, porque já fazia parte dela. Na verdade, ele suicidou-se para evitar uma grande turbulência popular que, ao ser reprimida, poderia ser sangrenta, com muitas vidas ceifadas. Jânio Quadros que renunciou certo de que haveria manifestações pela sua volta, e nada aconteceu. João Goulart, que aceitou ser levado para o exílio. Este tinha condições de resistir, como queria Leonel Brizola. Jango tinha o poderoso Quarto Exército a seu favor, além de boa parte dos oficiais das três Forças Armadas e todos os sargentos. Há quem diga que ele foi covarde, mas a sua decisão foi para evitar uma guerra nacional. Merecia ter ganho o Prêmio Nobel da Paz. Luiz Inácio Lula da Silva também merece. Se entregou à prisão para evitar derramamento de sangue dos seus seguidores.

A meditação continua e o pensamento voa e, com dificuldade, bateu asas de Brasília para São Januário. Não foi um bom pouso porque o Vasco da Gama, mal das pernas, está comendo grama. No ano passado ganhou a Taça-Rio-2017, mas neste foi eliminado da Copa Libertadores, da Sul Americana, da Copa do Brasil e terminou o primeiro turno do Campeonato Brasileiro quase na Zona de Rebaixamento. Ainda pode se recuperar, embora esteja no décimo quarto lugar e a vinte e um pontos do São Paulo, o líder.

Tratando-se de futebol, tudo pode acontecer e o Vasco vai ser o campeão do Brasileirão deste 2018. Será um palpite feliz?

SETEMBRO

Como é que pode?

A última semana de agosto não foi de gostosuras e nos primeiros dias de setembro "tudo não estava no seu lugar, graças a Deus" como cantava, e ainda canta, o Benito de Paula. O Lula continua preso e foi impedido o registro da sua candidatura. Jair Bolsonaro declarou ser a favor da ditadura, contra a Lei dos Direitos Humanos e apoiar a tortura; o seu vice, o General Mourão, declarou que pode ser dado um "autogolpe", mesmo assim tiveram a candidatura registrada.

Em uma palestra na Sociedade Hebraica da Gávea, o candidato Jair falou claramente: "Vou armar toda a população, condecorar os policiais que matarem mais, acabar com o Ministério da Cultura, com os homossexuais e com os tais negros quilombolas."

O horário eleitoral começou e os candidatos a Deputado Estadual, a Federal, ao Senado e à Presidência continuam a falar as mesmas coisas que diziam na campanha de anos passados. Só quem fala algo diferente, embora chocante, é o Jair Bolsonaro.

O candidato do PSL diz ser contra as cotas raciais e há negros bolsonaristas. E Bolsonaro diz que prefere "ver um filho morto por acidente do que ter um filho homossexual" e muitos gays estão com ele; que mulher que se exibe quer ser estuprada e há muitas mulheres que o apoiam.

Como é que pode?

Melhor mudar de assunto e falar de escola de samba.

O puxador Tinga voltou para a Unidos de Vila Isabel, mas a neta Dandara continuará girando a bandeira na União da Ilha.

A Vila trocou de carnavalesco com a Unidos do Viradouro. Vai o famoso Paulo Barros e vem o pouco conhecido Edson Pereira que está desenvolvendo o enredo "Em Nome do Pai, do Filho e dos Santos", tendo a Princesa Isabel como centro. Paulo Barros vai apresentar o tema "Viraviradouro – O Livro Secreto dos Encantos", que versa sobre histórias mágicas.

Estas duas agremiações vão disputar o título.

A Vila vai se apresentar com suas características, terá apoio financeiro da Prefeitura de Petrópolis e fará um desfile rico e bonito. Já foi distribuída a sinopse para a Ala dos Compositores e vai começar a disputa do samba enredo. André Diniz, Bocão e mais cinco compositores já estão trabalhando na composição do samba. Certamente ganharão mais um concurso.

Antes do carnaval passado foi dito por escrito que ia dar Vila na cabeça e a Escola ficou em nono lugar, mas no próximo, o promoter Evandro Rius, torcedor fanático, vai gritar bem alto: Vilaaaaaaaa!!! Deu Vilaaa!!!

Setembro branco

Conversando com o saudoso Israel Pedrosa, autor de *A Cor da Cor Inexistente*, que prefaciou a primeira edição do livro *Kizombas, Andanças e Festanças*, ele me disse que a cor preta é a rainha das cores. Entretanto, o preto, embora seja a cor da sobriedade e da elegância, é muito usado para expressar coisas ruins. Por exemplo: a coisa tá preta, mercado negro, buraco negro...

Sem se referir a etnia, esta crônica ganhou o título de "Setembro branco" porque no Brasil jamais haverá, espera-se, um setembro como aquele do assassinato dos atletas israelenses e de um policial alemão em ataque aos Jogos Olímpicos de Munique, em 1972, mas haverá nos dias 29 e 30, em São Paulo, um animadíssimo evento de rock, o Setembro Negro Festival.

O nono mês do ano é sempre alegre. O frio vai dando lugar ao calor, as flores desabrocham e as esperanças se renovam; mas esta primeira quinzena foi desoladora: no dia 3, um pavoroso incêndio queimou toda a memória brasileira que estava no Museu Nacional, que completava 200 anos no belo complexo arquitetônico da Quinta da Boa Vista. Quase tudo foi dizimado.

Três dias depois, uma notícia chocante foi manchete em todos os jornais: "Jair Bolsonaro, candidato a Presidente da República, sofreu um atentado."

Levou uma facada em Juiz de Fora e está gravemente hospitalizado. Vai ficar fora da campanha corpo a corpo, mas continua liderando nas pesquisas.

Alguns analistas políticos dizem que, graças ao acontecido, vai vencer no primeiro turno, mas outros falam que haverá o segundo e então ele pode perder para o Ciro, o Alckmin, o Haddad e até para a Marina.

Há quem afirme que, com toda certeza, ele não vai estar na batalha final. É possível, pois oito dias já se passaram, foi submetido a três cirurgias e continua internado.

O Capitão quase morreu, mas o samba ficou triste foi com a morte do compositor Wilson Moreira, aos 81 anos. Alicate era o seu apelido.

Criado no subúrbio carioca de Realengo, desde criança interessou-se por música, tendo na família avós e tios que foram jongueiros e tocadores de caxambu. Músico refinado, Alicate fez curso de música entre 1968 e 1970, com o Maestro Guerra Peixe e deixou-nos um repertório memorável.

Outra notícia triste para os intelectuais foi a morte do jurista Hélio Jaguaribe, um dos fundadores do ISEB, Instituto de Sociologia e Estudos Brasileiros. Sociólogo, Professor e Dr. *Honoris Causa* em diversas universidades, Jaguaribe era escritor e membro da Academia Brasileira de Letras.

No domingo 9 o funk ficou desfalcado. Wagner Domingues Costa, musicalmente conhecido como Mr. Catra, perdeu a luta contra o câncer. Ele não era de origem humilde como seus pares, pois estudou em bons colégios, formou-se em Direito e falava alguns idiomas. Tinha 3 esposas assumidas e 32 filhos.

Veio à mente a figura esguia do compositor Ismael Silva, que não deixou herdeiros. Deu vontade de escrever sobre ele, porém, vasculhando os jornais de assinatura em busca de boas notícias, o que é raro nos noticiários, foi encontrado no jornal *O Dia*, um insuperável artigo do jornalista Luís Pimentel, intitulado "Ismael Amigo do Nestor e do Antonico". Com a devida autorização do autor, segue a reprodução:

"Ele faria aniversário neste 14 de setembro. Nasceu no comecinho do século passado, em 1905, do outro lado da Baía de Guanabara, em Niterói. Mas é filho legítimo do Estácio de Sá, bairro do Rio de Janeiro que hospedou grandes sambistas e onde nasceu, em 1928, a primeira escola de samba, a Deixa Falar. O Estácio, aonde Ismael Silva chegou aos três anos de idade, já era reduto da malandragem, da cultura negra e do samba. Estava pertinho da Praça Onze, portanto, perto de Tia Ciata, de Donga, de João da Baiana, de Sinhô e de tantos bambas e bambambãs.

Ainda na adolescência, Ismael começou a participar das famosas rodas musicais e fez amizade com nomes importantes no bairro e mais tarde da MPB, como Bide (Alcebíades Barcelos), Marçal, Nilton Bastos (mais tarde seu parceiro), Gradim (Lauro dos Santos), Oswaldo Vasques, Baiaco e Rubem Barcelos (irmão de Bide). Esses eram os príncipes do samba que reinavam no Estácio, assim como Noel Rosa (parceiro de Ismael em sete músicas, incluindo aí pelo menos três momentos marcantes: 'Para me livrar do mal', 'A razão dá-se a quem tem' e 'Adeus') era o grande nome de Vila Isabel; a dupla Cartola e Carlos Cachaça começava a elevar o nome da Mangueira; Paulo da Portela comandava a folia em Oswaldo Cruz e Madureira; e Mano Décio da Viola pilotava a inspiração na Serrinha, de onde despontou a Império Serrano. É de 1925 a primeira música composta por Ismael Silva, 'Faz carinho', gravada por Orlando Tomás Coelho, um pianista conhecido como Cebola. A melodia era simples e a letra despretensiosa, mas serviu para aproximar Ismael daquele que veio a ser mais tarde um grande 'parceiro' (as aspas são por conta da má fama de "compositor"), Francisco Alves.

Chico Viola não só regravou a música como garantiu a Ismael que gravaria toda a sua produção dali para a frente, desde que, claro, entrasse como parceiro. Como gravar não era fácil e Francisco Alves era um tremendo vendedor de discos, Ismael Silva aceitou na hora a proposta, exigindo apenas que entrasse nos créditos também o nome de seu parceiro de verdade, Nilton Bastos (bom letrista, de carreira curta, que morreu em 1931, com apenas 32 anos).

Compositor de estilo genuinamente carioca, desde que morreu, em 1978, o nome de Ismael Silva tem tido períodos de ressurgimento (com regravações de suas músicas) e de esquecimento. Em seus últimos anos, viveu que nem "o Nestor" do seu samba *Antonico*, "em grandes dificuldades". Ao completar 70 anos, em 1975, participou de um belo show comemorativo, no Teatro João Caetano, que teve casa cheia e deixou o compositor muito emocionado, ao ver o teatro lotado cantando seus grandes sucessos. Sempre bom lembrar Ismael. Parodiando um verso seu, fazer por ele como se fosse por nós.

À volta da fogueira

Participar do evento África & Brasil que acontece, anualmente, no Setor de Literaturas Africanas na Faculdade de Letras da UFRJ, é como estar em família conversando com filhos, sobrinhos, afilhados...

Padrinho é parente.

Quem apadrinha, via de regra, é o mais velho, que pode ser chamado de ancião, idoso, vetusto, *griot*... Este adjetivo é sempre creditado a negros que expõem seus pensamentos e passam, oralmente, suas experiências e filosofias de vida. Entretanto, o termo pode ser aplicado também a outros pensadores orais, tendo em vista que Jesus Cristo nunca escreveu suas palavras, característica dos *griots*, e o filósofo mais antigo, Sócrates, era um *griot*, pois nunca usou a escrita para expressar seus conceitos. Eles foram escritos por Platão, seu discípulo.

Defensor do diálogo como método de educação, Sócrates considerava muito importante o contato direto com os interlocutores.

O filósofo grego preocupava-se em elevar as pessoas e induzi-las a praticar o bem através da sabedoria e do autoconhecimento. Era transparente, versejava sobre si, e contestava as teses religiosas de vivência posterior tais como céu, purgatório e inferno.

Não é real, mas parece que a música *Depois Não Sei* foi inspirada em Sócrates:

Surgi nadando na bolsa d'água
E dei um choro quando nasci
Mamei no peito fui bem criança
Já trabalhando adolesci
Tive direito a Felicidade
E como todos também sorri
Fiquei adulto, já estou maduro
Fui muito amado e muito amei

Se Deus quiser eu vou
Ficar bem velho
A morte é certa
Depois não sei

Na roda de conversa do citado evento África & Brasil, organizado pela professora Carmen Lucia Tindó Secco, líder do Setor de Literaturas Africanas, participou a Diretora da Faculdade de Letras, Sônia Reis e o poeta Jorge Fernandes da Silveira. O mediador foi o escritor João Baptista Vargens.

Falou-se para uma plateia de docentes, discentes e doutorandos que na África, em lugarejos onde não havia luz elétrica (ainda não há em muitos lugares por lá e por cá também) para esperar o sono as famílias faziam pequenas fogueiras no terreiro das moradas e ficavam conversando à volta delas e os *griots*, em Angola chamados de sobas, contando histórias, falavam de suas experiências e passavam ensinamentos.

Um filósofo de Mali, Amandou Hampâté Bâ, classificou os *griots* em três fases e os mestres da UNIGRANRIO, Indemburgo Pereira Frazão Felix e Patrícia Luís Nogueira Rangel, do XIX Congresso Nacional de Linguística e Filologia, assim as classificaram:

1 – Os Primitivos. Passavam seus conhecimentos boca-ouvidos;

2 – Os Modernos. Usavam os sons, a música e a fala;

3 – Os Pós-modernos. Além dos sons, da música e da palavra transmitem suas vivências através da literatura.

Assim sendo, pode-se dizer que são *griots* pós-modernos os africanos Wole Soyinka, Luís Bernardo Honwana, Boaventura Cardoso e muitos outros, assim como os brasileiros não negros Alberto da Costa e Silva, Arnaldo Niskier, Cândido Mendes...

Não se pode deixar de citar o poeta Manuel Rui Monteiro, autor da letra do Hino Nacional de Angola e que criou, em parceria com Rui Mingas, uma canção intitulada *Os Meninos de Huambo*, gravada pelo compositor português Paulo de Carvalho. Não foi difícil fazer a versão, *À Volta da Fogueira*, com mensagem para as crianças de cá:

Os meninos à volta da fogueira
Vão aprender coisas de sonho e de verdade
Vão perceber como se ganha uma bandeira
E vão saber o que custou a liberdade
Palavras são palavras não são trovas
Palavras deste tempo sempre novo
Lá os meninos aprenderam coisas novas
E até já dizem que as estrelas são do povo
Aqui os homens permanecem lá no alto
Com suas contas engraçadas de somar
Não se aproximam das favelas nem dos campos
E tem medo de tudo que é popular
Mas os meninos deste Continente Novo
Hão de saber fazer história e ensinar

Feliz Dia das Crianças

Hoje, quinta-feira 27, é dia dos santos Cosme e Damião para os religiosos da vertente africana, porque os santos gêmeos são sincretizados com os ibejis. Para os católicos o dia dos santos meninos, protetores dos médicos e das crianças, foi ontem, dia 26 e hoje é venerado São Vicente de Paulo.

Nesta data, nos subúrbios do Rio de Janeiro, os devotos de São Cosme e São Damião e dos ibejis mantém tradição de dar doces e brinquedos para as crianças.

Na terceira infância, que segundo a psicologia vai dos seis aos doze anos, em companhia da mana Deuzina, saíamos pelas ruas da Boca do Mato, bairro limítrofe com o Lins de Vasconcelos, Meier e Engenho de Dentro, para pegar saquinhos de doces nas residências. Com sorte ganhava-se até brinquedos.

Na adolescência a Mãe Tereza não permitia que os filhos saíssem à cata de doces. Ela comprava saquinhos com balas, bananada, mariola, suspiro, pirulito, puxa-puxa, cocada, maria-mole, cocô de rato, uma espécie de pipoca de arroz... Dava até para a Elza, já em fase adulta, pois para ela todos os filhos neste dia eram criancinhas.

Para os umbandistas hoje é o Dia das Crianças. Nos cultos, os iniciados encarnam os erês, orixás menores, e os ibejis, divindades gêmeas infantis. É o dia do culto mais alegre em todos os terreiros, pois, incorporados, os adeptos comportam-se como petizes sapecas.

A nossa população infantil é cerca de 20% do total e há o Estatuto da Criança e do Adolescente, criado por Lei, que trata da proteção e dos direitos fundamentais das pessoas em desenvolvimento. Pena que muitas crianças estão fora das escolas e outras tantas vivem nas ruas e dormem ao relento. Há um CD intitulado "Você não me pega", com músicas feitas para um musical infantil e a última faixa versa sobre a história de uma menina de rua:

O meu pai se mandou de casa
E a mãe desapareceu
Vendo bala, pipoca e amendoim pra sobreviver

As marquises são meu teto
E as ruas a minha escola
Os adultos maltratam a gente
E tudo tão ruim

Diz menina, quem é você
Sou criança
Mas tenho sonhos lindos, vou crescer
Quando grande eu vou querer cuidar
Dos iguais a mim

Diz menina, o que já sofreu

Passei fome e também fui agredida
Mas eu não tenho medo de falecer
Pois sonhei que no céu tem uma cidade
Só pras crianças como eu

Lá a gente almoça, janta e dorme de cobertor
Professores nos dão amor
Não se teme o anoitecer, tem duendes pra proteger
Anjos bons chegam de manhã

Diz menina, como acordou

Acordei querendo morrer

Para os oriundos de famílias abastadas a infância é a melhor fase da vida, com brincadeiras inocentes, sem responsabilidades, sem problemas. As crianças em sua maioria são felizes, mesmo as mais pobres, porque não pensam na felicidade.

As obrigações dos petizes de famílias não paupérrimas somente são: comer, beber, tomar banho e vacinas, estudar e ter lindos sonhos, como cantava o Trem da Alegria, grupo musical infantil:

Os sonhos de criança
Se apresentam como um carnaval de ilusões
Há lendas na lembrança, muito lirismo e fabulações
Retorno a minha infância bem embalado pela poesia
E volto a ser criança cheia de esperança e de fantasia
Vejo miragens, palacetes encantados
Na paisagem lindos sons harmonizados
E a utopia parece ser realidade na euforia da felicidade
É uma riqueza ser inocente e ter na mente tanta pureza
Brincar de roda e de comidinha, pular carniça e amarelinha
Ouvir estórias, rodar peões
Viver num mundo sem as violências e tensões
Onde o bravo é o cravo
Que brigou com a rosa debaixo de uma sacada
O cravo ficou caído e a rosa mais perfumada

Este, em itálico, é um samba escrito para o tema de 1967 da Unidos de Vila Isabel, "Carnaval de Ilusões". Hoje houve distribuição de doces e brinquedos para as crianças da Escola Mirim Herdeiros da Vila.

Amanhã, sexta 28, vai haver a final da disputa para o enredo do próximo carnaval, cujo título é "Em Nome do Pai, do Filho e do Espírito Santo, a Vila Canta a Cidade de Pedro" e o bairro de Noel vai estar em festa comemorando, no Boulevard 28 de Setembro, a assinatura da Lei do Ventre Livre, pela Princesa Isabel.

Salve as crianças!

OUTUBRO

A esperança não morre

Duas Barras, 7 de outubro, dia frio mas não muito. Friozinho é gostoso. Na garrafa térmica o café está morno. Requentado é pior do que frio, pode desarranjar os intestinos. Se misturado com leite pode ficar bom, mas o melhor é fazer um chocolate quente.

É madrugada e os cães latem, certamente por perceberem a movimentação de algum animal noturno nos arredores da casa da Fazenda do Pacal, talvez capivara, quati ou tamanduá. Vai amanhecer e os galos cantam anunciando o domingo crucial para o Brasil, dia de votações para Presidente, Senadores, Deputados Federais, Governadores e Deputados Estaduais.

O voto é obrigatório, mas, além da obrigatoriedade, votar é uma obrigação. Para quem já está na terceira idade é opcional. Muitos não querem exercer o direito por motivos particulares, mas participam influenciando familiares diretos, parentes, amigos... E isso é uma espécie de militância.

A semana foi, politicamente, muito agitada, com carreatas, passeatas, manifestações diversas, debates dos candidatos na televisão.

Este mês primaveril é sempre alegre pela profusão de flores, mas os primeiros dias foram tristes. A magra, como dizia Monteiro Lobato, fechou muitos olhos de gentes queridas e de referências. Faleceram no final de setembro o Tito Madi, cantor de sambas-canções e compositor ligado à bossa nova e Ângela Maria, a Sapoti, apelido colocado nela por Getúlio Vargas. No primeiro dia deste outubro a magra levou Charles Aznavour, francês de voz universal, muito querido no Brasil. Também morreu Mário Augusto Jakobskind, baluarte na luta pela independência e liberdade de imprensa.

Com o descanso eterno do Casquinha os componentes da Velha Guarda da Portela ficaram muito tristes e certamente vão orar por ele neste dia de São Dionísio.

Católicos politizados, sambistas ou não, devem elevar os pensamentos ao céu pedindo aos santos da semana: São Benedito Preto e São Francisco de Assis, assim como aos Arcanjos Gabriel, Miguel e Rafael, para que o presidente do Brasil que for eleito aperfeiçoe a Democracia brasileira. Um grande passo neste sentido poderá ser dado pelo candidato que perder, mas ninguém acredita nisso. As instituições estão abaladas e o futuro Presidente terá uma tarefa difícil, mas há esperanças de que o País melhore pois não dá para ficar pior.

Vai haver segundo turno, o Bolsonaro será um dos postulantes e o Haddad será o outro. Eleitores radicais estão se ofendendo nas redes sociais e se agredindo verbal e fisicamente.

Os adeptos das religiões de origem africana terão que bater tambores e cantar muitas zuelas para o Capitão Jair não vencer e os seguidores de Martinho Lutero e João Calvino da Igreja Universal do Reino de Deus vão fazer jejum e orar várias vezes por dia para que ele vença o pleito, pois há possibilidade dos bispos Edir Macedo e Silas Malafaia tenham cargo no governo, um deles de Ministro.

Que Deus nos guarde!

Maravilhosa cidade mulher

Últimos dias da primeira quinzena de outubro. Feriado prolongado. O 15, Dia do Professor, é ponto facultativo, a mesma coisa que feriado porque no Rio, e nem só aqui, quase ninguém trabalha em dia opcional.

Sexta-feira, 12 de outubro. Salve N. S. Aparecida, a Virgem Maria Negra! Saravá Oxum, rainha das águas doces!

Hoje também é o Dia das Crianças em geral, mas o dos petizes pobres é 27 de setembro.

Comemora-se também o aniversário do Cristo Redentor, uma das 7 maravilhas do mundo, assim como o Coliseu de Roma, Chichén Itzá do México, Machu Picchu, no Peru, Muralha da China, Ruínas de Petra da Jordânia e Taj Mahal na Índia.

Jesus Cristo, segundo Noel Rosa, é carioca e o Rio é a Cidade Mulher:

Cidade de amor e aventura
Que tem mais doçura
que uma ilusão
Cidade mais bela que o sorriso
Maior que o paraíso,
melhor que a tentação
Cidade que ninguém resiste
na beleza triste
de um samba-canção
Cidade de flores sem abrolhos
que encantando nossos olhos
prende o nosso coração
Cidade notável, inimitável
Maior e mais bela que outra qualquer.
Cidade sensível, irresistível
Cidade do amor, cidade mulher.

Cidade de sonho e grandeza que guarda riqueza
na terra e no mar
Cidade do céu sempre azulado
Teu Sol é namorado da noite de luar
Cidade padrão de beleza
Foi a natureza quem te protegeu
Cidade de amores sem pecado
Foi juntinho ao Corcovado que Jesus Cristo nasceu

Erguido em 1931 e inaugurado por Getúlio Vargas no Morro do Corcovado, o monumento denominado Cristo Redentor, foi iluminado da Itália, no dia da inauguração, pelo físico Guglielmo Marconi, mas há controvérsias. Alguns historiadores dizem que a vultosa estátua ganhou luz graças à habilidade do engenheiro brasileiro Gustavo Corção e atribui-se a outro, o Rinaldo Franco, o ato de ter acionado o interruptor responsável pela iluminação.

12 de outubro é dia de Mariene de Castro, aquela que cantou na festa de encerramento das Olimpíadas Rio 2016, enquanto era apagada a chama da pira olímpica.

Mariene é modelo, instrumentista, bailarina, cantora e brasileiríssima, notória por destacar maracatu e samba de roda em sua obra.

Começou sua vida artística como vocalista do Carlinhos Brown que estava lançando o Projeto Timbalada. No dia do seu primeiro show individual em dezembro de 1996, em Salvador, dois produtores franceses procuraram-na, dizendo que estavam atrás de uma artista emergente. Então Mariene seguiu para a França. Se apresentou em várias cidades francesas e, pela crítica especializada foi aclamada como a Edith Piaf brasileira. De volta ao Brasil fez show no Teatro Castro Alves e em outros espaços importantes de Salvador. Migrou para o Rio de Janeiro e gravou o seu primeiro disco intitulado "Abre Caminho" e, como Clara Nunes, canta sempre músicas de louvação aos Orixás.

Devota da Padroeira do Brasil e filha de Oxum tem quatro filhos consanguíneos e uma adotiva. Casou-se hoje com o jovem Rafael em sua casa em Vargem Grande, Zona Leste, tendo como padrinhos a Cléo e o músico Pretinho da Serrinha. A cerimônia de ritual católico foi ministrada com água benta da nascente, ao som do Jongo comandado pela Tia Maria, jongueira do Morro da Serrinha. Uma das imagens mais bonitas registradas é a de dois meninos, Bento e Maria, filhos de Mariene, dançando corretamente no meio da roda de jongo.

No dia do casamento da cantora baiana a TV Globo promoveu um debate entre os candidatos Eduardo Paes e Wilson Witzel ao governo do Estado. Os cariocas não deram bola para o debate porque o ex-prefeito que tem a cara da cidade-mulher, era o franco favorito.

Surpreendentemente foi eleito o Juiz Witzel.

Ave Montevideo! Viva Artigas!

Os uruguaios mais antigos, além de torcerem pelo Penharol, Nacional, River Plate... adoram o Flamengo, o Fluminense, o Botafogo, o Corinthians, o Santos... os mais idosos não gostam do Vasco da Gama. É compreensível, haja vista o jogo comemorativo da Copa de 50. Os mais novos também não gostam, mas não sabem o porquê. Para estes, um pouquinho da história futebolística entre Brasil e Uruguai. Em 1950, a "equipe celeste", o Uruguai, comandada pelo técnico Juan Lopes, formada por Máspoli; Matias González e Tejera; Gambetta, Obdulio Varela e Rodríguez Andrade; Ghiggia, Julio Perez, Míguez, Schiaffino e Vidal, sagrou-se campeã do mundo em pleno Maracanã, em final contra o Brasil e para festejar a conquista foi marcado um jogo entre o Vasco e o Penharol, times que tinham os jogadores básicos das seleções. Os cruzmaltinos "jogaram água no shopp" e tiraram o brilho da festa programada goleando o Penharol por 3 a 0, sem falar no olé.

Em conversa sobre o assunto com um motorista, que agora não me lembro se era o Raimundo, o Gonçalo ou um outro com o qual peguei intimidade, fiz uma gozação e a Graciela de Leon, que estava comigo no carro, entrou no papo e disse que o Vasco ganhou só porque os jogadores uruguaios ainda estavam de ressaca das festas e que se fosse com o Nacional de Montevideo não ganharia. O clássico Penharol e Nacional é como Grêmio e Inter, em Porto Alegre; Cruzeiro e Atlético em Belo Horizonte, Vitória e Bahia em Salvador...

Graciela é uma empresária artística que promove shows no Teatro de Verano, sempre com grande sucesso. A Banda Família Musical, formada por Cláudio Jorge no violão, Wanderson Martins no cavaquinho, Ivan Machado no contrabaixo, Paulinho Black na bateria, Kiko Horta nos teclados, Victor Neto nos sopros, o Guido Neto na percussão e a filha Juliana Ferreira no vocal, abriu o espetáculo tocando uma colagem de sucessos e fazendo improvisos incríveis. O público vibrou.

O show *MV 8.0* foi mais um dos comemorativos do aniversário do artista e quando ele entrou a plateia levantou-se aplaudindo e cantando o *Parabéns a Você*, em espanhol:

Cumpleaños feliz
Cumpleaños feliz
Que los cumplas
Que los cumplas
Que los cumplas feliz

O Da Vila tem muitos e muitos fãs no Uruguai, um dos países onde é mais querido, e foi saudado também por um grupo de candomblé comandado pelo Perlco, um grande candombeiro.

Conhecida também como Gracie, a empresária Graciela promoveu um outro espetáculo em Artigas, uma cidade limítrofe com Quaraí, do Brasil. Para chegar lá, partindo de Montevideo, são mais ou menos 8 horas de ônibus ou cerca de duas de taxi aéreo. Os pilotos, muitos gentis, foram o Diáno Gaulho e o José Augusto. Além da Cléo e da Alegria, viajou a Mônica Gomes, representante do Instituto Raices Afro.

Artigas é muito aconchegante e o povo encanta com sua hospitalidade. Justamente no dia da chegada no Hotel Casino San Eugenio Del Cuarein, Alegria aniversariava e foi recebida com flores e as camareiras cantaram o "cumpleaños feliz".

O Intendente Pablo Caram, ocupante do cargo correspondente ao nosso de Governador, também é muito cortês. Ofereceu um churrasco na casa da sua irmã Maria Ethel em homenagem a Alegria. A sobremesa foi um bolo com 19 velinhas. Karolina Gomez, sua mulher, é simpaticíssima O Intendente Pablo bastante popular compareceu à instalação da pedra fundamental que foi colocada em terra doada pela Prefeitura para o Instituto Raices Afro. Segundo o Secretário do Governador, Emiliano Soravilla, o Instituto trabalha pela defesa dos direitos da comunidade negra. No local, com a ajuda da embaixada da Suíça será construída uma sede para uma associação tipo Fundação Palmares daqui, onde professores darão cursos e farão atividades para o desenvolvimento da comunidade afro de Artigas, incluindo o apoio a mães solteiras que trabalham. O representante da música brasileira teve a honra de desatar o laço que envolvia a pedra fundamental.

O show foi no Estádio Matias Gonzales na proximidade da Ponte Internacional da Concórdia que liga Artigas, no Uruguai, e Quaraí, no Brasil.

O estádio tem capacidade para 6 mil pessoas nas arquibancadas e o campo também ficou lotado com um incalculável número de pessoas de outras províncias e também do Rio Grande do Sul.

A digressão foi cansativa, porém muito boa. Rolou forte emoção, muita alegria, parrilada, bons vinhos de uva tanat e o melhor de tudo: cinco dias longe das tensões políticas.

Um grande sonho

Outra madrugada bem diferente daquela da crônica "Esperança não morre", a primeira deste mês. É sexta-feira, antevéspera da eleição presidencial.

Na volta do Uruguai o cronista teve um grave problema urinário e vai fazer um procedimento no Hospital São Luís, em São Paulo, atendido pelo consagrado oncologista Paulo Hoff e sua eficiente equipe. No hotel o sono inconstante vinha e ia, intermitentemente curto. A causa não era o problema de saúde. Estava muito preocupado com o concerto programado para a próxima semana no Theatro Municipal do Rio do Janeiro. Planeja fazê-lo também em São Paulo, cidade que os eleitores dormem, tranquilamente, porque o paulista Jair Bolsonaro saiu na frente no primeiro turno, com larga diferença.

O incrível é que funcionou em todo o Brasil o seu discurso de campanha, polêmico e muito contundente:

Negros
1. "Eu fui num Quilombo em Eldorado Paulista. Olha, o afrodescendente mais leve lá pesava sete arrobas. Não fazem nada! Eu acho que nem para procriador ele serve mais. Mais de R$1 bilhão por ano é gasto com eles." (Em palestra no Clube Hebraica, abril de 2017).

Estupro
2. "Fica aí, Maria do Rosário, fica. Há poucos dias, tu me chamou de estuprador, no Salão Verde, e eu falei que não ia estuprar você porque você não merece. Fica aqui pra ouvir." (Em discurso na Câmara, em 2003). Ao explicar disse: "Ela não merece (ser estuprada) porque ela é muito ruim, porque ela é muito feia, não faz meu gênero, jamais a estupraria. Eu não sou estuprador, mas, se fosse, não iria estuprar porque não merece."

Coro no filho gay

3. "O filho se começa a ficar assim meio gayzinho, leva um coro ele muda o comportamento dele. Tá certo? Já ouvi de alguns aqui, olha, ainda bem que levei umas palmadas, meu pai me ensinou a ser homem." (Em programa da TV Câmara, novembro de 2010).

Fraquejada

4. "Fui com os meus três filhos, o outro foi também, foram quatro. Eu tenho o quinto também, o quinto eu dei uma fraquejada. Foram quatro homens, a quinta eu dei uma fraquejada e veio mulher." (Palestra no Clube Hebraica, abril de 2017).

Promiscuidade

5. "Ô Preta, eu não vou discutir promiscuidade com quem quer que seja. Eu não corro esse risco porque meus filhos foram muito bem-educados e não viveram em ambientes como lamentavelmente é o teu" (À Preta Gil, quando questionado sobre o que faria se seu filho se apaixonasse por uma negra. Março de 2011).

Tortura

6. "Eu sou favorável à tortura, tu sabes disso." (A um programa de TV, em 1999). "O erro da ditadura foi torturar e não matar." (Em entrevista no rádio, em junho de 2016).

Bater em gays

7. "Não vou combater nem discriminar, mas, se eu vir dois homens se beijando na rua, vou bater." (Em entrevista sobre uma foto do ex-presidente FHC ter posado em foto com a bandeira gay e defendido a união civil, em maio de 2002).

Fuzilamento

8. "Deveriam ter sido fuzilados uns 30 mil corruptos, a começar pelo presidente Fernando Henrique Cardoso." (Em programa de TV, em maio de 1999).

Prostituição

9. "90% desses meninos adotados vão ser homossexuais e vão ser garotos de programa com toda certeza desse casal." (Em vídeo reproduzido no programa de Danilo Gentili, sobre adoção por casais gays).

Mulheres

10. "Não é questão de gênero. Tem que botar quem dê conta do recado. Se botar as mulheres vou ter que indicar quantos afrodescendentes." (Em entrevista em Pouso Alegre, questionado se aumentaria o número de mulheres no Ministério, em março de 2018).

Na campanha para o segundo escrutínio do próximo domingo ele mudou o discurso. Disse que tudo era brincadeira e que não foi bem entendido. Mudou de opinião sobre projetos de campanha:

1. Sair do Acordo de Paris

   O Acordo de Paris foi assinado por 195 líderes mundiais em 2015 e prevê que países devem manter o aquecimento global abaixo de 2°C, buscando limitá-lo a 1,5°C. Ao participar de um encontro com empresários, Bolsonaro havia dito que, se fosse eleito, poderia retirar o Brasil do acordo por não concordar com as premissas, entendendo que o Acordo de Paris afeta a soberania nacional.
   Em 25 de outubro, Bolsonaro foi questionado novamente se o Brasil sairia do Acordo de Paris. "Não, não sai. Fica no Acordo de Paris", respondeu.

2. Reduzir a maioridade para 16 anos

   O programa de governo de Jair Bolsonaro prevê a redução da maioridade, dos atuais 18 anos para 16 anos. Mas, em entrevista à Band em 9 de outubro, ele disse: "Talvez a gente bote 17. Se você botar 16, você pode não aprovar", afirmou Bolsonaro. "A nossa proposta é passar para 17, o futuro governo passa para 16. Devagar você chega lá", declarou.

3. Incorporação do Ministério do Meio Ambiente pelo Ministério da Agricultura

Em 24 de outubro, após encontro com representantes do agronegócio, Bolsonaro disse que pode rever o plano: "Está havendo um ruído nessa área. Eu sou uma pessoa que estou pronto para o diálogo, pode ser que a gente não encampe essa proposta realmente."

Também desistiu da ideia da incorporação do Ministério da Indústria, Comércio Exterior e Serviços com o da Economia, por pressão do setor industrial e do agronegócio, segundo o jornal *Valor Econômico*.

O seu raivoso eleitorado não gostou da mudança de atitudes, o candidato caiu alguns pontos nas pesquisas, mas vai ser eleito.

Durante o período de transição com o governo do Temer, tudo indica que o Capitão vai ser enquadrado pelo General seu vice, pois, na hierarquia militar, o RDE continua valendo para os reformados.

Também não poderá fazer um governo absolutista sem o apoio das Forças Armadas. Vai ser alertado pelos seus filhos, um Senador e outro Deputado Federal que terá de negociar muito com o Congresso Nacional, o que não é do seu feitio, mas chegará à conclusão de que não poderá fichá-lo sem o apoio inconstitucional da imprensa, da maioria da população e dos militares. Bolsonaro deu sinais ameaçadores ao STF, mas vai haver um bom relacionamento e o novo Presidente, sabedor de que a maioria do povo gosta do Lula, para ganhar apoio popular vai dar um jeito de libertá-lo.

Pasmem: o ex-Presidente vai ser uma peça importante no Governo Bolsonaro, sem ocupar nenhum Ministério. Com o Lula em liberdade a nossa Democracia restituirá o conceito internacional, os brasileiros vão se unir e voltarão a sorrir como nos primeiros 15 anos deste século.

É um sonho.

NOVEMBRO

Falando baixinho

Todos os periódicos estamparam a manchete em letras garrafais – Bolsonaro, Presidente do Brasil.
Devagar, devagarinho a paz volta a reinar. Depois de muita gritaria e ofensas virtuais e verbais, os cidadãos passam a falar de política, baixinho. Familiares que se desentenderam, amigos estremecidos e amantes afastados se encontram. Alguns se abraçam, comentam sobre assuntos pessoais e quase sussurram como na letra do poeta Hermínio Bello de Carvalho criada para a música do Maestro Alfredo da Rocha Viana, o Pixinguinha:

Fala baixinho só pra eu ouvir
Porque ninguém vai mesmo compreender
Que o nosso amor é bem maior
Que tudo aquilo que eles sentem
Eu acho até que eles nem sentem, não
Espalham coisas só pra disfarçar
Daí então porque se dar
Ouvidos a quem nem sabe gostar

Olha só, meu bem, quando estamos sós
O mundo até parece que foi feito pra nós dois
Tanto amor assim que é melhor guardar
Pois que os invejosos vão querer roubar
A sinceridade é que vale mais
Pode a humanidade se roer de desamor
Vamos só nós dois
Sem olhar pra trás
Sem termos que ligar pra mais ninguém

Quando o Luiz Inácio Lula da Silva, um retirante nordestino, operário metalúrgico e dirigente sindicalista sem formação acadêmica foi eleito, os brasileiros de posição direitista, pensaram que a Nação que conquistou avanços com o presidente Fernando Henrique Cardoso iria dar marcha à ré e o País avançou. No governo do Lula a Democracia foi fortalecida, o Brasil ganhou conceito internacional, tornou-se a sexta economia do mundo, a Petrobras, com tecnologia de ponta, descobriu o pré-sal e estava catalogada entre as maiores empresas petrolíferas do universo. As empreiteiras Odebrecht e Andrade Gutierrez tinham obras em todos os continentes, a inflação foi controlada e a pobreza indecente diminuiu sensivelmente. Houve um crescimento marcante e o povo feliz sorria e cantava:

Eeeu
Sou brasileiro
Com muito orgulho,
Com muito amoooor

O que o Lula não conseguiu fazer foi acabar com a corrupção.

Há quem diz que a turbulência que aconteceu na política brasileira foi culpa do Lula porque se ele não demonstrasse que ia se candidatar novamente não teria acontecido o *impeachment* da Dilma e ele não estaria recluso.

Hoje os advogados dele entraram no STF com mais um pedido de liberdade, mas tudo indica que, como todos os anteriores, não será atendido porque os Supremos Tribunais sempre apoiaram as decisões do Sérgio Moro e não vão contrariá-lo agora que tem total apoio do futuro Presidente e vai ser Ministro da Justiça com plenos poderes.

Os brasileiros de tendência esquerdista estão temerosos porque o novo presidente, um militar de baixa patente, é da extrema direita e não tem experiência administrativa no serviço público. Há esperança de que ele, positivamente, surpreenda os liberais e conservadores, como o Lula os surpreendeu.

É tempo de aguardar os acontecimentos esperançando, mas não no sentido de espera. Esperançar não é esperar sentado. É se levantar, não desistir, trabalhar, construir e atuar junto com quem tem esperança.

Consciência Negra

19 de novembro. O hall do Hotel Renaissance, hotel de primeira linha, 5 estrelas está repleto de gente bonita. Homens e mulheres bem vestidos. Na porta, carros de luxo e até duas limusines para levar os convidados especiais para o evento de entrega do Troféu Raça Negra. A caravana parte com motociclistas da polícia militar na frente.

Um transeunte para pra ver a caravana de pretos que vai fechando sinais e observa. O seu semblante sorridente parece dizer: "Gozado... A polícia normalmente está correndo atrás dos negros. Hoje está conduzindo eles com os batedores".

Que legal!

Chegam ao majestoso teatro Sala São Paulo. Um tapete vermelho foi estendido para os convidados passarem e muita gente à volta, olhando, curiosos... Parece a entrada dos artistas para receberem o Oscar em Hollywood. Mas eles vão receber semelhantes, porém distintos, um amarelo e outro escuro. O dourado para patrocinadores e pessoas simpatizantes com a causa e o preto para militantes das diversas vertentes do Movimento Negro.

O Dia Nacional da Consciência Negra, 20 de novembro, dedicado a Zumbi dos Palmares, foi instituído por Lei promulgada pela Presidente Dilma Rousseff em 2011.

Justifica-se porque é necessário refletir sobre a influência do negro na formação do Brasil e na cultura brasileira. Em muitos e muitos municípios é ponto facultativo, mas ainda será feriado nacional, não por decreto, mas pela conscientização dos políticos racistas.

Paratraseando Nelson Mandela: "Ninguém nasce racista. Foram formados pela sociedade e, se aprenderam a ser, podem ser ensinados a não ser". Conclui-se que, ao invés de odiar os discriminadores e renegá-los, devemos nos aproximar deles, tentar conquistá-los com demonstrações de amor e convidá-los para o nosso convívio.

Todos que compareçam à festa do Troféu Raça Negra saem de lá encantados. O Professor Arnaldo Niskier escreveu no jornal *O Dia*:

"Gosto das homenagens que são feitas à memória de Zumbi dos Palmares. Em São Paulo, foi criada uma universidade com esse nome, o que pode representar o auge do respeito ao grande herói nacional. No ano passado, por iniciativa do seu reitor José Vicente, fui aquinhoado com o Troféu Raça Negra, que guardo com muito carinho.

Sou um crítico ferrenho das nossas desigualdades.

Quando procurava o meu primeiro emprego de jornalista, no que fui ajudado pelo meu irmão Odilon, tive a colaboração de Laerte Paiva, negro que estudava Direito com o meu irmão, na Faculdade do Catete, e que acumulava as funções de Secretário de Redação do jornal *Última Hora*. Foi ele que me deu a chance, aos 16 anos, de ser colaborador do diário, então fazendo muito sucesso.

Mais tarde, efetivado nas Empresas Bloch e ocupando um cargo de direção, retribuí o gesto do querido Laerte e empreguei o seu filho Tito, que trabalhou comigo durante muitos anos. Não havia entre nós qualquer discriminação por motivo de cor ou origem. Éramos como irmãos.

Mas essas coisas são raras. Estudei em escola pública, em São Paulo, e no Rio de Janeiro, mas nas minhas turmas não havia meninos ou meninas de cor. Por que isso? É um defeito grave da nossa sociedade.

Joguei voleibol no América F. C. Todo o time era de brancos. O mesmo fenômeno aconteceu no time de basquete. No futebol, quando eu jogava no infanto-juvenil, em 1953, o time era todo de atletas brancos. Os negros do primeiro time do América eram Gamba, Osni, Natalino e Maneco. Este tinha o apelido de 'Saci do Irajá' (é o terceiro maior artilheiro do América e também jogou na Seleção brasileira). Só vim a sentir o respeito à diferenciação no basquete do Clube Municipal, onde fomos campeões da segunda divisão, e tínhamos como pivô o negro Olímpio, que jogava uma barbaridade. Por que isso tem que parecer uma exceção, quando deveria ser uma regra?

As manifestações culturais negras têm grande destaque no cenário brasileiro. Machado de Assis, um dos criadores da Academia Brasileira de Letras, era mulato e bisneto de escravos, além de ter nascido no Morro do Livramento.

Outro escritor que marcou o nome na literatura nacional foi Cruz e Sousa, carinhosamente chamado de 'Cisne Negro', que além de ser o nosso maior poeta negro foi um dos precursores do simbolismo no Brasil. Viva a cultura negra!.

Atualmente tenho grande orgulho da amizade que cultivo com o cantor e compositor Martinho da Vila, que representa o que poderíamos chamar de "o melhor da raça", pela simpatia e pelas obras lançadas.

Em 2008 foi lançado o livro *100 palavras para conhecer melhor o Brasil*, pela Edições Consultor, e o verbete 'negritude' coube ao nosso querido Haroldo Costa, escritor, ator, produtor e sambista negro, que captou muito bem o sentido deste nobre sentimento. Vejamos um pequeno trecho: 'Negritude é o acúmulo da cultura afro-brasileira, através das diversas manifestações culturais que formam o espectro geral do nosso comportamento'.

Os exemplos listados por Haroldo Costa são variados: Aleijadinho e Mestre Valentim (escultura), Jorge Amado (romance), Luiz Gama, Jorge de Lima e Solano Trindade (poesia) e Villa-Lobos, Heckel Tavares e Lorenzo Fernandes (música). Viva a cultura negra!"

Valeu Professor Arnaldo!

Acadêmico da ABL, Arnaldo Niskier deu uma importante palestra no evento literário FlinkSampa, organizado pela pró-reitora Francisca Rodrigues e membros do Conselho Universitário da Unipalmares, liderados pelo Magnífico Dr. José Vicente, o Reitor, um exemplo de superação através do estudo e do ensino que, de origem humilde, conseguiu entrar para a Faculdade, se formar em Direito e doutorar-se. Carismático e persuasivo tem o poder da agregação, mas não só com a palavra, muito mais pelas ações. Dedicou a maior parte da sua vida à luta pela inclusão do negro na sociedade. Fundou e preside a Afrobras (Sociedade Afro-brasileira de Desenvolvimento Sócio Cultural) e o Instituto Afro-brasileiro de Ensino Superior.

O Magnífico José Vicente é um grande brasileiro de referência e todos os nacionais devem procurar conhecê-lo. Uma das formas para entrar em contato direto com ele é ler este livro intitulado *Discursos Afirmativos*. Trata-se de um apanhado dos textos escritos e publicados por ele na grande imprensa, organizados pelo jornalista Tom Farias, retratando a sua militância na promoção da população negra e na denúncia contra o racismo.

Concerto Negro

O teatro Caixa Cultural de Brasília está lotado. Ao terceiro sinal, as luzes da plateia se apagam, o palco com pontos de luz e muitas estantes com partituras, iluminadas, aparece. Entram os músicos com seus instrumentos e são aplaudidos. Por último, adentra a violinista Kátia Medeiros, spalla da Orquestra Filarmônica Zumbi dos Palmares e os aplausos aumentam.

O espetáculo começa diferente, com o som aleatório de afinação da orquestra. Entra o maestro Leonardo Bruno, os músicos levantam-se. Mais aplausos. O regente ergue a batuta e começa o medley com músicas de sucessos populares sinfonizados.

O Concerto Negro versa sobre pretos na música erudita. O apresentador se posiciona, é também muito aplaudido, e diz que embora pouca gente sabe que o primeiro músico erudito do Brasil foi José Maurício Nunes Garcia. Ele era um preto compositor de músicas profanas que sonhava estudar música clássica, o que no seu tempo só era possível através da igreja. Então ele entrou para um mosteiro e ordenou-se padre, não por religiosidade, mas sim para estudar. E tornou-se o primeiro compositor erudito do Brasil e o maior criador de música sacra de todas as Américas no século XVIII.

É apresentada a peça *Abertura em Ré* do Padre José Maurício.

Depois dele surgiram muitos compositores clássicos brasileiros e um caboclo cearense, bem caboclo, Alberto Nepomuceno, tornou-se conhecido internacionalmente e abriu as portas da Europa para outros. Sua peça *Batuque*, bem ritmada leva a plateia a se mover nas cadeiras.

O Concerto Negro não se atém só a pretos. Muitos brancos que abraçaram a cultura negra são citados, inclusive o americano George Gershwin e o brasileiro Teodomiro de Oliveira.

Entra em cena a cantora lírica Aída Kelem, soprano, e interpreta magistralmente *Summer Time*, de Gershwin e *A Ti Flor do Céu*, de Teodomiro.

Qualquer música popular que tenha riqueza melódica, como as cantigas *Leilão* e *Mãe Baiana*, de Hekel Tavares e Joraci Camargo, pode ser transformada em uma ária sinfônica. "Leilão" daria uma bela e emocionante ópera, porque é dramática a história da separação de um casal por compradores escravagistas vendidos em levas separadas:

De manhã cedo num lugar todo enfeitado
Nóis ficava amontoado pra esperá os compradô
Depois passava pela frente do palanque
Afincado ao pé do tanque que chamava bebedô
Um certo dia minha véia
Foi comprada numa leva separada
Prum Sinhô mocinho ainda
Minha véinha que era a frô dos cativeiro
Foi inté mãe de terreiro da família dos Cambinda

No memo dia em que levaro minha preta
Me botaro nas grilheta que é pru mó de eu não fugi
E desde então o preto veios percurô
Ficou veios como eu tô mas como é grande esse Brasil
E quando veio de Isabel as alforria
Percurei mais quinze dia mas a vista me fartô
Só peço agora que me leve Sá Isabel
Quero encontra no céu, minha véia, meu amô...

Mãe Baiana é uma canção que tem uma história mais bonita. A musa é uma ex-escrava que trabalhou muito fazendo bolos para vender, botou os seus filhos em boas escolas e todos se formaram.

Iôiô tá vendo
Nêga véia aqui sentada
Mas num sabe a fiarada
Que ela tem pra sustentá
Eu crio eles
Trabaiando o dia inteiro

Remexendo os fugarêro
Prus bolinho num queimá
De madrugada
Eu recôio essas quitanda
Faço as rezas de Luanda
Peço aos santos que me sarve
E a fiarada
Que me deu São Benedito
Lê os verso mais bonito
Do poeta Castro Arve
Sô preta mina
Lá da costa da Guiné
Fui cativa, fui inté
Perdição dos meus sinhô
Mas os meus fio
Que nasceram brasilêro
Do mais moço inté o primêro
Todos eles são dotô

Outra história bonita apresentada no concerto é a do Chico Rei, samba de Geraldo Babão, Djalma Sabiá e Binha, que foi tema de desfile da escola de Samba Acadêmicos do Salgueiro. É apresentada à capela, lentamente:

Vivia no litoral africano
Em régia tribo ordeira
Cujo rei era símbolo
De uma terra laboriosa e hospitaleira.
Um dia, essa tranquilidade sucumbiu
Quando os portugueses invadiram,
Capturando homens
Para faze-los escravos no Brasil.

Na viagem agonizante
Houve gritos alucinantes

Lamentos de dor
Ô-ô-ô-ô
Adeus, Baobá,
Ô-ô-ô-ô-ô, adeus, meu Bengo, eu já vou.
Ao longe Ninas jamais ouvia
Quando o rei, mais confiante
Jurou a sua gente que um dia os libertaria
Chegando ao Rio de Janeiro
No mercado de escravos
Um rico fidalgo os comprou
Para Vila Rica os levou.
A ideia do rei foi genial,
Esconder o pó do ouro entre os cabelos
Assim fez seu pessoal
Todas as noites quando das minas regressavam
Iam à igreja e suas cabeças lavavam
Era o ouro depositado na pia
E guardado em outro ligar de garantia
Até completar a importância
Para comprar suas alforrias.
Foram libertos cada um por sua vez
E assim foi que o rei
Sob o sol da liberdade, trabalhou
E um pouco de terra ele comprou
Descobrindo ouro enriqueceu.
Escolheu o nome de Francisco
E ao catolicismo se converteu,
No ponto mais alto da cidade Chico-Rei
Com seu espírito de luz
Mandou construir uma igreja
E a denominou
Santa Efigênia do Alto da Cruz!

Um dos pontos altos do concerto foi a apresentação do grupo coral Família Alcântara, cantando primeiramente sem acompanhamento da orquestra.

Volta o maestro, entra o Pedro Alcântara também membro da família. Pedro estudou música no exterior e é um barítono conhecido internacionalmente.

Depois de uma brincadeira alegre, muito alegre, todos acompanhados pela orquestra e pelo coral apresentam *Nobody Knows*, de The Lumineers. E Martinho, o Pedro e o Coral, entoam *Folga Nego*, hino do Quilombo de Palmares:

O senhor já tá drumindo, Nego que ié batucá.
Nego ta si divertindo, di minhã vai trabaiá.
Santo Padre fez as noiti foi pra Nego batucá.
Nego racharu os pé de tanto sapatiá.
Folga nego, branco não vem cá.
Se vié pau há de levá

A noite musical informativa termina com todos os participantes cantando um jongo sinfonizado, *Zumbi dos Palmares*.

Zumbi. Zumbi.
Zumbi dos Palmares!
Zumbi.

Liderou o Quilombo-nação já multirracial.
Proibia discriminação de maneira qualquer
Entre jovens, idosos, crianças e adultos
Guerreiros e excepcionais
Índios, caboclos, negros e brancos
Além dentre homem e mulher.

Zumbi. Zumbi.
Zumbi dos Palmares
Zumbi.

Sonhava fazer de um Estado um grande coração.
Pernambuco até as Alagoas ser o mesmo chão.

*Não morreu porque mais do que gente ele era ideais
E os grandes ideais não morrem jamais*

*Rei Zumbi, Rei Zumbi, Eh Zumbi
Zumbi dos Palmares... Zumbi*

*Zumbi, Zumbi
Zumbi dos Palmares
Zumbi*

*Então surgiram aos milhares por estes brasís,
Quilombos, mocambos, Palmares e novos Zumbís,
Que a até hoje norteiam
Cabeças pensantes
Pregando a miscigenação
De um povo que canta
Que dança e proclama
Zumbi, eis a tua Nação!*

*Rei Zumbi, Rei Zumbi
Eh! Zumbi
Zumbi dos Palmares Zumbi
Rei Zumbi, Ô Zumbi, és o rei Zumbi
Rei Zumbi
Zumbi dos Palmares Zumbi*

Faculdades

Até cerca do ano 2000 as Universidades eram privilégio da classe dominante. Nas salas de aula, com 40 alunos em média, só um, dois ou nenhum preto. Em 20 de novembro de 2003 foi fundada, pelo Dr. José Vicente, a Faculdade Zumbi dos Palmares. No ano seguinte, com um plano que facilitou a matrícula, muitos negros foram inscritos.

No final do governo do Presidente Fernando Henrique foi criado o Prouni, ampliado no Governo Lula, programa que facilitou a entrada em Faculdades particulares de estudantes de família de baixa renda, o que mudou completamente o perfil dos universitários. O sistema de cotas raciais nas Universidades Públicas também foi fundamental. Muitos negros de famílias de baixa renda puderam bradar: *Felicidade! Passei no Vestibular.*

Esta exclamação faz parte da história de muitos brasileiros. Ela é o primeiro verso de um samba de partido-alto, chamado *O Pequeno Burguês*. Foi inspirado na vida do Primeiro Sargento Manoel Lino Xavier, sargenteante da DGEC, Diretoria Geral de Engenharia e Comunicações.

O Xavier formou-se em Direito, o que para toda classe era uma honra porque no passado os sargentos eram nomeados pelo comandante. Então qualquer um cabo puxa-saco, virava sargento ou também algum "caxias" truculento. Caxias é uma expressão militar que identifica milicos que são duros com seus subalternos e rígidos nas decisões que tem que tomar.

Por isso, os sargentos eram símbolo de ignorância, grosseria, incultura. E quando alguém se formava a classe toda sentia fortalecida. Então seus colegas planejaram ir à formatura do sargenteante, fardados com seus uniformes de gala e estavam se cotizando para comprar um único bom presente e oferecer a ele em nome de todos. Eram uns quinze. No entanto, ficaram frustrados porque o Xavier entrou de férias no final de novembro e não convidou nenhum colega para a formatura.

Os sargentos da DGEC costumavam se reunir depois do expediente num barzinho da Central do Brasil, para tomar umas cervejinhas, conversar e esperar o trânsito melhorar. Falando sobre o Xavier. Um disse:

– Ele deve ter ficado com vergonha de nos convidar porque deve ter vazado para ele que iríamos à formatura fardados.

Outro interagiu:

– Que nada! Todo cara que vem de origem baixa, como a nossa e consegue um diploma de curso superior, se acha diferente de todos. Na cabeça, ele é um burguês!

O outro falou:

– Burguês, não. Um pequeno burguês! Porque o burguês tem grana. Ele até ter grana, vai demorar é muito! Aliás, este diploma não vai lhe servir para nada. Nem conta pontos para promoção.

Daquele dia em diante eles resolveram "dar um gelo" no Xavier quando ele voltasse das férias. Falariam com ele só o estritamente necessário para o trabalho.

Quando o homem voltou, todos o tratavam em tom sério. Não havia "Bom dia, Xavier! Como vai?" Nada! Apenas secamente: "Bom dia, chefe" ou "Bom dia, sargenteante".

Depois de um expediente um grupinho estava no bar e quando o Xavier chegou, se apressaram em pedir a conta.

– Já estão indo embora?

– Sim, estamos indo.

Pagaram e saíram.

Em outros dias a mesma coisa.

O homem foi ficando irritado, incomodado.

Tinha um Terceiro Sargento que era auxiliar direto do Xavier e foi encurralado:

– Olha Terceiro, vou lhe dar uma ordem e você vai ter que cumprir. Responda tudo que eu perguntar, sem tergiversar. Se por acaso eu descobrir que você está omitindo alguma coisa, vou dar parte, por escrito, por mentir a um superior e você será punido. Entendido?

– Sim, senhor!

– Eu quero saber o que está acontecendo. Por que evitam falar comigo e não querem ficar perto de mim? Estou me sentindo solitário aqui no trabalho. E tem mais: vocês estão falando de mim, por trás. Percebo risinhos depois que eu passo.

O sargento riu.

– Não ria porque eu não estou brincando.

– Quer saber mesmo? Vou dizer. Nós planejamos ir à sua formatura e não fomos convidados. Magoou...

– Eu não convidei vocês porque eu mesmo não fui à minha formatura. No último período os colegas da Faculdade criaram um comitê de formatura para fazer uma cerimônia pomposa e todos colaboravam, mensalmente, com dinheiro para as festas. Eu não pude colaborar. Então, por não ter participado da caixinha fiquei fora das solenidades, porque tinha um traje para colação de grau, outra veste para o baile de formatura, terno para a missa... Todos deveríamos comparecer com o anel de grau. Quem não fez parte do comitê, só recebeu o diploma depois das férias, na Secretaria da Faculdade. Eu ainda nem fui pegar o certificado. Na verdade, é apenas um canudo de papel, que não vai me servir nem pra minha promoção.

– Perdão chefe! Estou envergonhado.

Aí o Sargento pediu licença e foi falar com os colegas.

Marcaram uma choppada para se desculpar e entregar um relógio de alto nível, o presente que iriam lhe oferecer no ato da formatura.

Ao receber o mimo, Xavier ficou contente, agradeceu e falou brincando:

– Olha, burgueses são vocês! Eu sou apenas um bacharel. Porém, quem quiser ser como eu vai ter que penar muito. Mesmo assim, se eu fosse vocês, faria igual a mim porque, embora eu tenha dito que o diploma é apenas um canudo de papel, eu hoje sou mais respeitado pelos meus oficiais superiores e me sinto seguro. Ninguém está livre de nada. Caso aconteça algo no Exército comigo que me leve a ser reformado antes, posso sair tranquilo, porque tenho uma profissão, sou um profissional liberal. Ainda tenho de fazer a prova da OAB, mas posso montar um escritório de advocacia. Inicialmente tudo é difícil, mas vou conseguir trabalhar. Muitos de vocês pensam em largar a farda, mas não dão baixa, por insegurança.

Um deles, falou:

– Não sei fazer outra coisa além das funções militares. Sou Contador formado pela EsIE, mas o curso não é reconhecido lá fora. Vou voltar a estudar e tentar entrar para uma faculdade.

– Faça isso que é uma boa. Devem também incentivar seus pais e outros parentes de uma certa idade que sonham em ter uma formação superior. Dê força para eles enfrentarem cursinhos e depois submeterem-se a um exame vestibular. Sempre é tempo para adquirir conhecimentos.

Com base na história do Sargento Xavier foi feito o partido-alto, *O Pequeno Burguês*.

Felicidade, passei no vestibular
Mas a faculdade é particular
Particular, ela é particular
Particular, ela é particular

Livros tão caros, tantas taxas pra pagar
Meu dinheiro muito raro,
Alguém teve que emprestar
O meu dinheiro, alguém teve que emprestar
O meu dinheiro, alguém teve que emprestar
Morei no subúrbio, andei de trem atrasado
Do trabalho ia pra aula, sem
Jantar e bem cansado

Mas lá em casa à meia-noite tinha
Sempre a me esperar
Um punhado de problemas e criança pra criar
Para criar, só criança pra criar
Para criar, só criança pra criar

E felizmente
Eu consegui me formar
Mas da minha formatura
Não cheguei participar
Faltou dinheiro pra beca
E também pro meu anel
Nem o diretor careca
Entregou o meu papel...

O meu papel!
Meu canudo de papel
O meu papel!
Meu canudo de papel...

E depois de tantos anos
Só decepções, desenganos
Dizem que sou um burguês
Muito privilegiado
Mas burgueses são vocês
Eu não passo
De um pobre coitado
E quem quiser ser como eu
Vai ter é que penar um bocado
Um bom bocado!
Vai penar um bom bocado

DEZEMBRO

Samba, Patrimônio Imaterial

Hoje, 2 de dezembro, é o Dia Nacional do Samba, instituído pela Câmara de Vereadores de Salvador, em 1940. Esta data foi ganhando importância e é celebrada em todo o País e no mundo por brasileiros na diáspora, principalmente nas maiores matrizes do samba, Rio de Janeiro e Salvador, que celebram a data com grande alegria.

Há um samba de breque intitulado *O Rei dos Carnavais*, que é de exaltação ao próprio samba:

Sei que todos sabem quem eu sou
Mas agora vou me apresentar melhor
Pode ser amigo de um qualquer
E de quem quiser me ouvir pra sair da pior
Meu gosto é penetrar nos ouvidos
Balançar os corpos, atingir os sentidos

(Som Instrumental)

Dizem que eu nasci lá na Bahia
Que sou carioca registrado
Bem criado nas favelas
Mas posso ter sido cria de qualquer um outro Estado

FALADO:
Ou mesmo em qualquer cidade
que tinha uma senzala ou som de zuela
Dos batuques sou sequela

(Som de Batucada)

Do Brasil, sou patrimônio imaterial
representativo como o Hino Nacional

FALADO:
Que só toca em cerimonias e não gosta de aplausos
Eu sou aplaudido nos eventos
Sem nenhum acanhamento
dos festejos sociais
Sou da roda, sou da bossa, sou do breque
além do mais, sou o rei dos carnavais

FALADO:
O malandro Moreira da Silva
Inventor do samba de breque
Não era da folia, não bebia
E nem curtia uma diamba
E o Zé Keti, portelense e bom dikamba
Falou "eu sou o samba
A voz de novo
Sou eu mesmo, sim senhor!"

A UNESCO, Organização das Nações Unidas para a Educação, a Ciência e a Cultura, outorgou ao Brasil, cinco títulos de Patrimônio Imaterial da Humanidade. Um deles, a Arte Kursiwa, é a pintura corporal dos povos indígenas, arte vinculada ao conhecimento tradicional, organização social e uso da terra. Outro é o Círio de Nazaré, celebração religiosa de Belém do Pará que é realizada no segundo domingo do mês de outubro.

O Frevo, expressão artística do carnaval pernambucano e a Capoeira, rito social que reúne canto e dança também são patrimônios universais, assim como o Samba de Roda, expressão musical originária do Recôncavo Baiano.

O Samba, nosso principal ritmo que tem como vertentes o partido-alto, o samba-enredo, o samba canção, o samba de roda, o pagode e a bossa nova, ainda não é reconhecido como Patrimônio da Humanidade pela UNESCO, embora inúmeras cidades deste nosso Planeta tenham desfiles de escolas de samba no carnaval.

Como já foi sugerido em uma crônica anterior, se o Brasil fizer um projeto bem arquitetado, com o argumento de que em qualquer evento sambístico, aqui ou alhures, há uma integração racial que contribui para a diminuição dos preconceitos, certamente receberá a honraria.

Há um samba que foi lançado mundialmente pelo norte-americano David Byrne, intitulado *Claustrofobia*, que preconiza que o universo está de braços abertos para abraçar o nosso ritmo:

Ah! Meu samba
Se tu és nosso é nosso o samba
Se é nosso samba o samba é nosso
Pra que prisões dentro de ti?
Sai meu samba
Pois sei que tens claustrofobia
É tua a noite, a noite e o dia
Vá se espalhar pelo país
Vai meu samba
Sem fadiga, estafa ou stress
Não precisas de reza, quermesse
Passaporte de padre ou juiz
Já se abriu a janela do mundo
E agora não podes parar
Tu tens que conquistar
Tu tens que encantar
E te fazer cantar
Com teu lararara
Com teu lararara
Com teu lararara
Com teu lararara

Tem que dar certo

Hoje, em todos os países democráticos celebra-se o septuagésimo aniversário da Declaração Universal dos Direitos Humanos, assinada em Paris e em Brasília, neste 10 de dezembro, o STE diplomou Jair Messias Bolsonaro como Presidente do Brasil. Em sua fala ele não citou a Declaração mas fez um discurso conciliatório, convergente com o documento da ONU. Disse ele:

"Em primeiro lugar, quero agradecer a Deus por estar vivo. E também agradecer a Deus por essa missão à frente do Executivo. Tenho certeza que ao lado dele venceremos os obstáculos. Parabenizo, aqui, a família da Justiça Eleitoral pelo extraordinário trabalho realizado nas eleições de outubro do corrente ano.

A cada um de vocês, integrantes do TSE, dos Tribunais Regionais Eleitorais, das Forças Armadas e do Serviço Exterior Brasileiro, mesários voluntários e tantos outros cidadãos que participaram das eleições expresso o meu muito obrigado e o meu reconhecimento por essa demonstração de civismo e amor ao Brasil. Hoje, eu e meu contemporâneo, general Hamilton Mourão, recebemos os diplomas que nos habilitam a investidura nos cargos de presidente e vice-presidente da República.

Trata-se do reconhecimento de que o povo escolheu seus representantes, em eleições livres e justas, como determina a nossa Constituição. Não poderia estar mais honrado com a confiança demonstrada pelo povo brasileiro. Essa vitória não é só minha. O caminho que me trouxe aqui foi longo e nem sempre foi fácil. Durante a minha vida pública como militar, vereador e deputado federal, sempre me pautei pela defesa dos valores da família, pelos interesses do Brasil e pela soberania nacional. Orientei a plataforma da minha campanha à presidência da República pela defesa desses valores.

A todos aqueles que me apoiaram e que confiaram na minha capacidade de lutar em favor do Brasil, o meu muito obrigado.

Agradeço, com carinho, a minha família, a minha mãe Olinda, ainda viva, com 91 anos de idade, minha esposa Michelle, meus filhos Flávio, Carlos, Eduardo, Renan e a minha querida filha Laura.

Nada disso teria sido possível sem o amor e o apoio incondicional de vocês. Agradeço também a todos os que acreditaram e que estiveram comigo desde o início de minha trajetória, nos momentos felizes, mas, sobretudo, nos momentos difíceis. Essa vitória é de todos nós. Agradeço muito especialmente aos mais de 57 milhões de brasileiros que honraram com o seu voto.

Aos que não me apoiaram, peço sua confiança para construirmos juntos um futuro melhor para o nosso país. A partir de 1º de janeiro serei o presidente dos 210 milhões de brasileiros. Governarei em benefício de todos, sem distinção de origem social, raça, sexo, cor, idade ou religião. Com humildade, coragem e perseverança, e tendo fé em Deus para iluminar as minhas decisões, me dedicarei, dia e noite, ao objetivo que nos une: a construção de um Brasil próspero, justo, seguro e que ocupe o lugar que lhe cabe entre as grandes nações do mundo. Esse é o nosso norte. Esse é o nosso compromisso.

Senhoras e senhores, somos uma das maiores democracias do mundo, 120 milhões de brasileiros compareceram às urnas de forma pacífica e ordeira. Respondemos ao dever cívico do voto com serenidade e responsabilidade. Nós, brasileiros, devemos nos orgulhar dessa conquista.

Em um momento de profunda incerteza em várias partes do globo, somos um exemplo de que a transformação pelo voto popular é possível. Esse processo é irreversível. Nosso compromisso com a soberania do voto popular é inquebrantável.

Senhoras e senhores, os desejos de mudança foram expressos de forma clara nas eleições, a população quer paz e prosperidade, sem abdicar dos valores que caracterizam o povo brasileiro. Nossa gente é trabalhadora, constituída por homens e mulheres, por mães e pais, que criam seus filhos com suor e dedicação, tendo todos a esperança de uma vida digna. Gente que não mede esforços para obter o sustento de seus familiares. Gente que precisa de um governo que garante condições adequadas para desenvolver seu potencial com liberdade e criatividade.

A construção de uma nação mais justa e desenvolvida requer uma ruptura com práticas que historicamente retardaram nosso progresso, não mais a corrupção, não mais a violência, não mais as mentiras, não mais manipulação ideológica, não mais submissão do nosso destino a interesses alheios, não mais mediocridade complacente em detrimento do nosso desenvolvimento.

Todos conhecemos a pauta histórica de reivindicações da população brasileira: segurança pública e combate ao crime, igualdade de oportunidade com respeito ao mérito e ao esforço individual. Todos sabemos disso, mas ainda não conseguimos oferecer à população o que lhe cabe por dever do Estado.

Sempre no marco da Constituição Federal, nosso dever é transformar esses anseios em realidade. Nossa obrigação é oferecer um Estado eficiente que faça valer a pena os impostos, pagos pelo contribuinte.

Nossa obrigação é garantir que os brasileiros regressem a seus lares em segurança após um dia de trabalho. Nosso dever é oferecer condições para que o empreendedor crie empregos e gere renda ao trabalhador.

Tenho plena consciência dos desafios que se colocam diante de nós. Sem subestimá-los, trabalharei com afinco para que daqui a quatro anos possamos olhar para trás com orgulho pelo caminho trilhado em benefício do nosso amado Brasil.

Senhoras e senhores, vivenciamos um novo tempo. As eleições de outubro revelaram uma realidade distinta das práticas do passado. O poder popular não precisa mais de intermediação, as novas tecnologias permitiram uma relação direta entre o eleitor e seus representantes. Nesse novo ambiente a crença na liberdade é a melhor garantia de respeito aos altos ideais que balizam nossa constituição. Diferenças são inerentes a uma sociedade múltipla e complexa como a nossa, mas jamais devemos nos afastar dos ideais que nos unem: o amor à pátria e o compromisso com a construção de um presente de paz e de futuro mais próspero.

Senhoras e senhores, que esse trabalho coletivo que garantiu a legitimidade do processo seja um exemplo da união em prol do Brasil. Com o apoio e engajamento de todos, vamos resgatar o orgulho de ser brasileiro. Vamos resgatar o orgulho pelas cores da nossa bandeira e pela força do nosso hino, porque temos a certeza de que esse país tem como destino a prosperidade e a paz.

O Brasil deve estar acima de tudo, que Deus abençoe o nosso país e a todos nós brasileiros. Meu muito obrigado a todos."

Bolsonaro tomará posse no próximo primeiro de janeiro e já escolheu quase todos os seus Ministros.

Que ele faça um bom governo! Há esperança.

Boa sorte Brasil!

Pescaria

Sábado, 22. O interfone toca às quatro da madruga. Com a cabeça meio zonza como alguém que saltou de um barco balançante e caminha com dificuldade:
– Alô!
– Bom dia! O táxi chegou.
Na cozinha encontro o filho Preto Ferreira que acaba de vir da gandaia.

Depois de comer uma banana, tomar uma xícara de café requentado no micro-ondas e sair, às cinco e poucos, o passageiro passa do táxi para o carro do Pedro Penteado em Ipanema e trinta minutos depois das seis, entra no barco junto com afamados pescadores: Pedro Penteado, Edson Costa, Sérgio Camarão, Paulinho Garatéia, França, Carlinhos e um preto de nome não lembrado, assim como a graça do piloteiro. Jorge é o dono do barco batizado de Meu Querido.

No embarque, muitas tralhas: molinetes, caixas repletas de objetos, puçás, camarão vivo para iscas, diversas outras iscas artificias, balança para pesar os peixes, fita métrica para medir tamanhos, caixas e isopor com gelo para colocar os pescados.

Nos semblantes, muito otimismo.

Saindo do píer da Urca a embarcação desliza pelas águas sujas da Bahia da Guanabara, passa pelo Forte de São João e vem à mente a imagem do marinheiro João Cândido com uma lembrança heroica e triste, a do "Navegante Negro" que foi traído pelas autoridades da República e esteve preso nas masmorras daquele Forte.

O barco entra no mar calmo e a bela paisagem afasta a lembrança desoladora.

A manhã está linda, o sol desponta. A cabeça gira e os olhares perscrutam por todos os lados, se atento mais aos cartões postais do Rio: o Morro da Urca, o Pão de Açúcar, o Cristo Redentor... No trajeto se via ao longe os prédios de Copacabana, Ipanema-Leblon, São Conrado, Barra da Tijuca.

Após duas horas balançando sem enjoar, pois "quem é do mar não enjoa", são baixadas as âncoras e as linhas de pesca são lançadas. A embarcação não tem sonar. Usar sonar é pesca certa e não tem muita graça. O experiente Jorge diz que ali, com certeza, é um pesqueiro, mas tentando por muito tempo, só um pescador fisgou um badejo pequenino e outro pegou uma pororoca. Os dois peixinhos foram jogados para os biguás que também estavam pescando, sem sorte.

Estávamos próximos à Ilha Cagarra, também conhecida como Redonda, a maior do arquipélago das Cagarras, composto por sete ilhas inabitadas: Cagarra, Lajes, Filhote, Matias, Praça Onze, Comprida e Palmas.

Edson, desanimado:

– Aqui não está acontecendo nada. Melhor irmos para outro lugar.

Jorge, todo empolgado:

– Recolham as iscas de fundo, coloquem boias nas linhas e vamos para a Ilha Filhote.

O mar ficou bravio. Ondas estouravam na encosta de pedra da ilha e descia prateada como nas cachoeiras. A água do oceano estava linda em tons verde e azul, naquele dia ensolarado. Era um belo espetáculo o voo das cagarras, fragatas, biguás e o vai e volta das ondas batendo na pedra e formando cachoeiras. O Meu Querido balançando e nada de peixe.

– Recolham novamente as linhas, vamos voltar e parar em frente a Copacabana que na direção da Praia do Leme normalmente tem muito peixe.

– Não são grandes, mas vamos pescar muitos.

Já estava por volta de meio dia. O Martinho e o Sérgio se ajeitaram em umas esteiras de plástico macias, deitaram e dormiram como se estivessem num berço balançando devagar, ninados pelo suave do motor Meu Querido.

Durante o percurso de pouco mais de uma hora, foi acesa uma churrasqueira e assaram picanha e os dois dorminhocos foram despertados para comer e pescar.

Ninguém pegou nenhum.

Retornaram no lugar da partida, felizes. Tinham saboreado petiscos que cada um levou e oferecia aos outros. Uns tomaram cerveja, outros sucos naturais. Durante o percurso as conversas eram descontraídas. Muitas estórias engraçadas de pescas, nada de política, religião. Circula nas redes sociais que a pastora Damares Alves, que vai ser ministra do Bolsonaro, trepou num pé de goiaba para se suicidar tomando veneno, mas Jesus que não sabe subir em goiabeira, como ela disse, subiu e a salvou.

Ninguém tocou na fala ridícula da pastora, assim como não falou de corrupção, Operação Lava-Jato e outros assuntos conflitantes. Nem mesmo se lembraram dos crimes do médium João de Deus, que chocaram o País. Não são assuntos para pescaria, assim como corrupção, Operação Lava-Jato e outros temas conflitantes. Só se fala amenidades, mas predomina o silêncio admirando a paisagem ou de olhos na vara com a esperança de que ela envergue com o peso de um grande peixe.

Às 16h30, depois de quase um dia inteiro de tentativas sem sucesso, os pescadores saltaram do Meu Querido sem nenhuma frustração, mas com os pés em solo firme, a impressão que tinham era de que os corpos pendiam para um lado e outro.

Um disse, sorrindo:

– Podemos tentar entrar para o Livro dos Records. Foram 10 horas de pescaria sem ninguém pegar peixe.

Outro:

– Melhor não. Vão achar que é mentira de pescadores.

– É mesmo. Mas a pescaria foi maravilhosa. Comemos, bebemos, nos divertimos...Temos de fazer outra.

Nas despedidas, fotos, abraços e votos de Feliz Natal.

A filha do Papai Noel

Um contista carioca tinha a impressão, na primeira quinzena de dezembro, que o Natal iria ser sem graça porque na primeira quinzena de dezembro não via sinal de luminosidade, mas com a aproximação o astral foi mudando. Na Barra da Tijuca os prédios e condomínios começaram a ser ornamentados. Grandes árvores foram sendo erguidas. Os shoppings passaram a ter muito gente comprando regalos para adultos e brinquedos para os petizes. Nas portas de lojas, gordinhos de barba branca com trajes vermelhos. Veio-lhe à mente uma música:

Feliz Natal Papai Noel
Que desce ao léu com seu trenó
Com seu trenó trazendo um saco de emoções
Meu desejo é só beleza para os olhos
Alegria e belos sons para os ouvidos
Para as crianças, meu velhinho bons desfrutes
E olfato pra sentir leves odores
Feliz Natal Papai Noel
Que desce ao léu com seu trenó
Muito seu trenó trazendo um saco de emoções
Muito tato pra lidar com os amores
Apurado paladar para os quitutes
Pro prazer sexual muita libido
Que a justiça seja nua e sem antolhos
Que pros nossos corações
Um ano novo bem melhor
Sonhos de mel, Papai Noel
Feliz Natal

Perguntou mentalmente para o seu intelecto:
– Papai Noel existe?

— Para os infantis da primeira idade, sim.
— E para os adultos?
— Também, pois a imagem do bom velhinho fica no subconsciente e na noite de Natal a criancice interior aflora e todos ficam ansiosos por um presente.

Interrompeu o auto diálogo e pensou em pessoas que nunca receberam uma lembrança e escreveu um conto fantasioso que pode ser real:

A Professora Natalina, diretora de uma creche de crianças carentes, dizia para todos que Papai Noel não existe e que a canção

Como é que Papai Noel
Não esquece de ninguém
Seja rico ou seja pobre
O velhinho sempre vem

não é verdadeira porque ela, na infância muito pobre, viveu na roça, nunca recebeu a visita do velhinho e jamais ganhou um presente.

A graça de Natalina, na verdade, é Natalha, nome que ela não gosta porque remete a talha, onde era decantada a água de moringa de barro que bebia na infância e na adolescência.

Não tinha boas lembranças do seu torrão natal, uma cidadezinha do interior, sem luz e água encanada.

Um amigo dela, advogado, o Dr. Manoel, que os íntimos chamam de Noel, num dia 25 de dezembro, conforme o combinado se fantasiou de vermelho, colocou barba, bigode, peruca. E foi entregar para as crianças da creche os presentinhos simples que a professora comprou com suas economias, mas ela antes frisou:

— Meus queridinhos! Papai Noel não existe. Este é apenas um homem alegre que gosta de crianças. Veio aqui para divertir vocês.

Dr. Manoel não gostou do que a ela disse, mas não discordou.

Com voz rouca falou:

– A professora tem razão. Crianças não devem ser enganadas. É tudo brincadeira e eu me divirto também. Hô! Hô hô hô!

A meninada sorriu feliz.

Num outro dia, em conversa particular, ele perguntou sobre a família da amiga:

– Você nunca me falou nada sobre seus pais.

– Eu sou filha de mãe solteira. Gostaria de conhecer meu pai, mas nem minha mãe sabe quem ele é.

– Como?

– Mamãe, quando jovem, teve um caso com um tal Nelinho, rapaz que foi passear na roça. Viveram uma aventura, se seduziram. Ele foi-se embora e ela ficou muito triste.

– Nunca mais se viram?

– Jamais. E minha mãe não sabia nada dele, nem mesmo o nome completo. Nelinho, certamente é um apelido. Meses depois, descobriu que estava grávida. Meu avô ficou muito chateado, culpou a vovó pelo acontecido, quis castigar a filha, minha vó a defendeu, eles brigaram e se separaram. Vovô, envergonhado, sumiu. Minha avó adoeceu e morreu pouco depois.

Lacrimejando:

– Tudo por culpa minha.

– Não se culpe, é o destino. Cada um tem o seu.

Enxugando as lágrimas:

– O meu consolo é que a mamãe também diz isso. Me criou sozinha e nunca reclamou, mas a minha infância foi sem presente de Natal. Papai Noel nunca apareceu por lá.

– A sua história é triste, mas você é vitoriosa. Conseguiu sair da roça e é uma professora, agora dirigente... Como conseguiu?

– Ah! É uma longa história. Um dia lhe conto.

– E sua mãe?

– Continua em... um cafundó.

Tento trazê-la, mas ela não quer. Prefere ficar lá, com os parentes.

– Estive naquele lugarejo uma vez, faz muitos anos. Tenho vontade de voltar. Está muito mudado?

– Que nada. Praticamente igual. Com certeza você gostará de rever. Vai. E se quiser conhecer minha mãe é fácil. Ela tem o mesmo nome meu. Basta perguntar a alguém por Dona Natalha pois, no interior, todos se conhecem. Aproveita e dá notícias minhas. Diga que agora sou diretora da escolinha. Vai ficar contente.

Manoel foi, encontrou Natalha mãe. Quando os olhares se cruzaram, ambos sentiram um tremor sem saber o porquê, mas se contiveram. Conversa vai, conversa vem, chegaram à conclusão de que já se conheciam. Numa outra conversa, concluíram que tiveram um colóquio no passado:

– Poxa! Você foi embora sem se despedir e nunca mais voltou.

– É... Mas nunca a esqueci. Lhe tenho como uma boa lembrança. Mais de vinte anos se passaram e você continua linda.

– Que gentil! Obrigada! Você também está muito bonito. Um pouco mais gordo, ou melhor, forte e charmoso.

Novamente se envolveram. Se apaixonaram.

Manoel voltou lá outras vezes sem comentar com a Professora Natalina. Só a procurou no Dia de Natal. Vestido de Papai Noel, chegou na creche com um enorme saco cheio de brinquedos. Distribuiu.

A professora brincou, sorrindo:

– E eu continuo sem presente. Papai Noel não existe memo.

– Nunca mais diga isso, minha filha. Eu sou Noel, o Nelinho... O seu Papai Noel. Ainda lhe darei muitos mimos... E vou casar com a sua mãe.

A criançada bateu palmas e gritou em uníssono:

– Feliz Natal Papai Noel!!!

Feliz Ano Novo!

É 31 de dezembro. Quem não está muito endividado, não está preso ou condenado a prisão e não está sofrendo com doença dolorosa, pode dizer que o mês foi bom, apesar das tristezas que devem ser esquecidas, mas algumas merecem reflexão, como o falecimento de gente importante e querida.

Nos últimos dias foram para o céu o Sigmaringa Seixas, defensor de presos políticos durante a ditadura e figura importante na redemocratização. Também fez a passarem a amiga cantora Miúcha, companheira nos Projetos Kalunga I e II em Angola. Um lance interessante. Na primeira vez que estivemos em Luanda, ninguém chamava pessoas de tu, você, senhor ou excelência. O tratamento era camarada soldado, camarada comandante, camarada presidente... Miúcha gostou do trato igualitário e, brincalhona como era, aplicava o termo em substantivos comuns. Dizia camarada prato, camarada copo, camarada garrara... Da volta ao Brasil ao encontrar-me ela, com seu largo sorriso, convidou-me:

– Camarada Martinho, vamos tomar uma camarada cerveja?

– Quem vai pagar a conta, Camarada Miúcha?

– Claro que é você, camarada.

Miúcha deixa muitas saudades.

No mesmo dia da passagem da ex-mulher do João Gilberto e mãe da Bebel, segundo o messianismo, nasceu para outra vida, a Yalorixá Mãe Stella de Oxóssi, Sacerdotisa do Ilê Opó Afonjá, um dos maiores templos de Candomblé do Brasil. Muito culta, titulada Dra. *Honoris Causa* pela Universidade da Bahia, Mãe Stella era escritora e ocupava uma cadeira na Academia de Letras da Bahia.

Convidado a participar de um filme cult cujo tema é a palavra saudade, a produtora Anna invitou também o filósofo Marco Lucchesi, Acadêmico da ABL e, nas águas da Praia do Adão em Jurujuba, num barco de pescadores, ao sabor de ondas leves, o diálogo foi descontraído sobre os diversos tipos de saudade, boas e doídas como a dos exilados, dos emigrantes, do banzo dos negros escravizados... De alegrias tristes no carnaval ("Bandeira branca amor/Não posso mais/Pela saudade que me invade/Eu peço paz") e de Dom Sebastião, Rei de Portugal, revivido por Joãozinho Trinta ("Na Praia dos Lençóis areia e assombração/O touro negro coroado é Dom Sebastião/Deu meia noite Nha Jança vem/Desce do Além na carruagem/E a escrava, que maravilha/É a serpente de prata que rodeia a ilha"). Lucchesi filosofou sobre a falta de um tempo passado e saudade do futuro, que já é amanhã, "incerto e cheio de saudades", segundo o parceiro Geraldo Carneiro.

Faltam poucas horas para o réveillon e o pensamento voa ("Ê Rio que não tem porta/Bahia que tem janela/Ê mundo que não tem canto/Ê pensamento que voa"), sonhando que o próximo ano vai ser melhor porque pior não pode ficar. A lua em quarto minguante não é um bom auspício, porém astrólogos, tarólogos, babalorixás e outros videntes fizeram as previsões costumeiras sem nada muito assustador. As manchetes dos principais jornais também sem notícias chocantes, nem mesmo escandalosas.

Espetáculos pirotécnicos vão colorir o céu e o povão vai se acotovelar para ver a queima de fogos, pular e cantar nos shows da virada.

Melhor é ficar em casa com a família, saborear guloseimas, tomar vinhos espumantes. Quem não pode tilinta os copos com cerveja, refrigerante ou mesmo água, trocar abraços firmes e demorados para misturar bem as boas energias, sonhando com tempos melhores. Depois rezar com fé, orar, saravá... E fazer projetos pessoais com pensamentos positivos para um Brasil de paz e progressos, pois amanhã teremos o Bolsonaro como Presidente e ele promete grandes mudanças. O País inteiro está em suspense, uns esperançosos e outros céticos.

Temos de pensar no Brasil como os sambistas que, mesmo sem simpatizar com a diretoria, não gostar do enredo e nem do samba, no desfile lutam para que a escola se dê bem. Os amantes do futebol também, mesmo que achem o técnico incompetente e o time muito ruim, sonham com vitórias.

É hora do brasileiro torcer para que o plano econômico do Governo dê certo, que consigam equilibrar as contas públicas, que a saúde seja satisfatória, que novas empresas surjam e o desemprego diminua sensivelmente, que a pobreza miserável seja erradicada, que as injustiças sejam corrigidas e que o Presidente faça um governo conciliador como prometeu no seu discurso de diplomação.

Feliz Ano Novo, Brasil!

MARTINHO, UM ARTESÃO

Martinho da Vila é realmente um sujeito fora do comum. No curso dos seus implacáveis 80 anos, o bamba de Vila Isabel trabalhou como nunca em sua festejada existência. Além de dois CDs e do DVD – este a caminho, gravado no imponente e lotado Theatro Municipal do Rio de Janeiro – que colocou na rua, falo do histórico "Alô Vila Isabeeeel!!!", que reúne os clássicos sambas da escola do bairro de Noel Rosa, e, mais para o finalzinho do ano, o bem bolado "Bandeira da fé", uma experiência contagiante, inovadora na vida do músico e compositor, como foi o trabalho que o antecedeu, no caso o antológico "De bem com a vida", que marcou uma mudança de atitude, única do ponto de vista do conceito, mas sem desafinar a trajetória cinquentenária de uma carreira repleta de sucessos e muitos merecidos prêmios, nacionais e internacionais.

Foi nessa pegada de grandes eventos e fortes emoções, com destaque para as homenagens, em especial da sua terra natal, a cidade de Duas Barras, onde Martinho foi tema de selo comemorativo e titular de um ano inteiro de festejos, as atividades das escolas públicas do estado do Rio de Janeiro em torno da sua história, as paparicadas da Vila Isabel, onde saiu em destaque no carnaval, desfilando no alto do carro no Sambódromo, exatamente no dia das suas oitenta primaveras, e da Unidos do Peruche, tradicional agremiação de São Paulo, que o levou como enredo para a avenida dos desfiles, volto a dizer, foi nessa pegada, que Martinho laborou, com sua indiscutível disciplina de trabalho, a escritura de um livro novo, que exigiu dele, além de tudo, tarefa quase diária de muita escrita e seguidas leituras.

Das mãos desse metódico trabalhador incansável das madrugadas silenciosas – Martinho não dorme, ele repousa -, é que nasceu a joia rara de sua artesania, na arte de artesanar, de ser artesão, que é este *2018 – Crônicas de um ano atípico*.

Faz dois anos que lançou o excelente *Conversas cariocas*, uma antologia de textos trabalhados para atender a uma coluna de jornal popular, como é o jornal *O Dia*, na sua edição dominical. Já *2018 – Crônicas de um ano atípico* marca um processo diferente do artista, que é, diga-se de passagem, romancista de mão cheia. São dele *Memórias Póstumas de Tereza de Jesus, Lusófonos, Vermelho 17, Barras, vilas & amores*, entre outros mais, como o *Vamos brincar de política?* ou *A serra do rola-moça*, num total de 15. Neste novo trabalho, Martinho se supera na tacada e no acerto, ao narrar, toda semana, assuntos os mais variados e relevantes, dando a cada um deles, obviamente, seu toque pessoal, seu ponto de vista crítico, sua opinião ida e vivida. É assim que fala das festas de fim de ano, dos festejos em sua homenagem, da expectativa da Copa do Mundo, da questão política, da prisão do Lula, a quem, com Chico Buarque, foi visitar em Curitiba e saiu impressionado com o alto astral do ex-presidente, da sua atual paixão, a Barra da Tijuca, do amor à numerosa família, das viagens, da dura vida de artista no Brasil, da paixão pelo futebol, sobretudo pelo Vasco, dos amigos e das amizades, das pescarias onde ninguém volta com o pescado, do seu "off Rio", de Vila Isabel e do samba, com muitas histórias e a transcrição de letras memoráveis, muitas que dão gosto de lembrar e reviver. Uma dessas histórias saborosas, sobre música e gente, trata do nascimento do samba *O pequeno burguês*, ainda nos tempos do Exército, quando era *sargenteano*, como ele mesmo diz. A canção ("Felicidade, passei no vestibular/Mas a faculdade é particular", quem não se lembra?) é referência do seu cancioneiro até hoje, desde que foi lançada, há 50 anos.

São divertidas e instrutivas as histórias contadas por Martinho da Vila. De janeiro a dezembro, vamos tomando ciência dos acontecimentos, nem sempre noticiados na grande mídia, e dos que nos passariam despercebidos, não fosse a percuciente ideia do grande bamba, através da sua escrita semanal, no passo e compasso do seu ritmo como escritor e intelectual, nos trazer à tona, nos revelar, interagir. O resultado saiu-se o melhor possível: com muita harmonia, com muito talento, esmerando e lapidando, eis a carpintaria da palavra perfeita, do verso sincopado, do partido-alto da rima, nessa engenharia artesã, que labora e explora o infinito da criação artista, sem se tornar enfadonho, e, igualmente, sem a tal da pressa, pois com ele, as coisas vão sempre no ritmo do devagar, devagarinho.

O clima é de encantamento, de viva alegria, de requintada realeza – Martinho é um diplomata da magia, é amigo de todos, é um camarada aguerrido, e é, acima de tudo, um criador. No silencioso sossego do seu lar, no convívio da rainha Cléo Ferreira, dos filhos Alegria e do Preto, elucubra consigo mesmo, confabula e urde pensamentos e questões, como exercício existencial diário para respirar e para ser.

Falando de esperança e pensando na paz, como verdadeiro embaixador que de fato é, Martinho da Vila pode ser considerado a mais viva história de superação e fé no futuro. Aquele menininho, preto e pobre, filho do Josué e da Dona Tereza, nascido no recanto de uma fazenda do interior e criado no Morro dos Pretos Forros, na Boca do Mato, faz parte hoje da rica cultura popular, como um bem, uma preciosidade. Ler os seus textos, tomar nas mãos o seu livro, como o fazemos agora, é uma forma de continuar o reverenciando e merecendo, e o prestigiando e admirando, acima de tudo.

Tom Farias – jornalista e escritor

MARTINHO DA VILA

O ARTISTA

MARTINHO JOSÉ FERREIRA nasceu em Duas Barras, Estado do Rio, em 12 de fevereiro de 1938. Filho de lavradores da Fazenda do Cedro Grande, ele veio para o Rio de Janeiro com apenas quatro anos, e foi morar no Morro dos Pretos Forros, numa localidade chamada Boca do Mato.

O artista surgiu para o grande público no III Festival da Record, em 1967, quando apresentou o partido alto *Menina Moça* e, no ano seguinte, na quarta edição do mesmo festival, lançou o clássico *Casa de Bamba*, seu primeiro sucesso, seguido de *O Pequeno Burguês*. Logo se tornou um artista conceituado e ganhou muitos prêmios pela qualidade do conjunto da obra, além de ter sido um dos maiores vendedores de discos no Brasil. Hoje, é impossível saber de cor todos os prêmios que ganhou.

Ingressou e passou a dedicar-se de corpo e alma à Escola do Bairro de Noel, em 1965, e a história da Unidos de Vila Isabel se confunde com a de Martinho, que passou a ser chamado Da Vila. Os sambas de enredo consagrados da escola são de sua autoria. Também criou vários temas para desfiles, e garantiu para a Vila, em 1988, seu consagrado título de Campeã do Centenário da Abolição da Escravatura. Também colaborou na criação de outros temas, entre os quais o *Soy Loco Por Ti América*, que deu à Vila o título máximo do carnaval de 2006 e é o coautor do enredo e também do samba-enredo *A Vila canta o Brasil, celeiro do Mundo*, campeões de 2013.

Nacionalmente conhecido como sambista, Martinho da Vila é um legítimo representante da MPB, com várias composições gravadas por cantores e cantoras de diversas vertentes musicais, intérpretes consagrados no Brasil.

Foi responsável pelo projeto "O Canto Livre de Angola", que em 1982 trouxe os primeiros artistas africanos ao Brasil. Liderou também o Grupo Kizomba, promotor dos pioneiros encontros internacionais de arte negra.

Martinho também é responsável pelo Instituto Cultural Martinho da Vila – ICMV, uma entidade sem fins lucrativos, localizado na Fazenda Cedro Grande em Duas Barras. Fundado em 20 de novembro de 2003, a missão do ICMV é valorizar e fortalecer a rica cultura popular da região, promovendo a inclusão social através da arte e cultura. Com aulas de teatro, alfabetização para adultos, violão, cavaquinho, percussão e artesanato.

Em 2016, Martinho da Vila lançou seu 47º disco. Lançado pela Sony Music, o álbum "De bem com a vida" foi produzido por André Midani. O novo trabalho concorreu ao Grammy Latino em novembro do mesmo ano, ganhando na categoria melhor disco de samba. Depois foi a vez de "Alô Vila Isabeeel", seu 48º CD, que conta a história da escola através de sambas.

Em outubro, Martinho lançou um novo trabalho de músicas inéditas e regravações, o novo álbum "Bandeira da Fé", com a regravação da música *Bandeira da Fé* e a nova *Fado das perguntas*.

O ESCRITOR

Como escritor, Martinho da Vila tem livros publicados desde 1986, quando estreou com *Vamos brincar de política?*, seguido de *Kizombas, andanças e festanças*. Tem se dedicado ao romance e à crônica, com regular colaboração para jornais e revistas. Dentre as sua obras já clássicas, podemos citar os romances *Os lusófonos*, reeditado em Portugal e lançado também no Salão do Livro de Paris em 2015, assim como *Joana e Joanes – Um romance fluminense* e *Ópera negra*, todos traduzidos para o francês. É imortal da Academia Carioca de Letras, membro do Pen Clube e da *Divine Académie Française des Arts, Lettres et Culture*, onde foi condecorado com a medalha de honra.

Além de ser um ativista cultural, foi membro do Conselho Estadual de Cultura e da Comissão de Apoio à Cultura, do MinC. Em 2017, Martinho recebeu da UFRJ o título de Doutor *Honoris Causa*.

Já recebeu o título honorário de Embaixador Cultural de Angola e Embaixador da Boa Vontade da CPLP (Comunidade dos Países de Língua Portuguesa), por ser um incentivador das relações linguísticas do português e divulgador da lusofonia.

No Brasil, foi agraciado com a Ordem do Mérito Cultural do Ministério da Cultura e recebeu as comendas mineiras Tiradentes e JK. É Comendador da República da Ordem do Barão do Rio Branco, em grau de Oficial.

OBRAS DO AUTOR

Vamos brincar de política?. São Paulo: Editora Global, 1986. (Infantojuvenil)

Kizombas, andanças e festanças. São Paulo: Leo Christiano Editorial, 1992/ Editora Record, 1998. (Autobiográfico)

Joana e Joanes, um romance fluminense. Rio de Janeiro: Zfm Editora, 1999. (Romance). Publicado em Portugal com o título de *Romance fluminense*, pela Eurobrap, 1999, e na França com o título de *Joana et Joanes: romance dans l'etat de Rio*, pela Yvelinédition, 2011.

Ópera negra. São Paulo: Editora Global, 2001. (Ficção). Publicado em francês com o título de *Opéra Noir du Brésil*, pela Yvelinédition, 2013.

Memórias póstumas de Teresa de Jesus. Rio de Janeiro: Editora Ciência Moderna, 2003. (Romance)

Os lusófonos. Rio de Janeiro: Editora Ciência Moderna, 2005. (Romance). Publicado em francês com o título de *Lusophonies: La langue portugaise dans le monde*, pela Yvelinédition, 2015.

Vermelho 17. Rio de Janeiro: Zfm Editora, 2007. (Romance)

A rosa vermelha e o cravo branco. São Paulo: Cia. Editora Nacional, 2009. (Série Lazuli Infantil)

A serra do rola-moça. Rio de Janeiro: Zfm Editora, 2009. (Romance)

A rainha da bateria. São Paulo: Cia. Editora Nacional, 2009. (Série Lazuli Infantil)

Fantasias, crenças e crendices. Rio de Janeiro: Editora Ciência Moderna, 2011. (Literatura Musical)

O nascimento do samba. Rio de Janeiro: Zfm Editora, 2013. (Literatura Musical)

Sambas e enredos. Rio de Janeiro: Zfm Editora, 2014. (Literatura Musical)

Barras, vilas e amores. São Paulo: Sesi, 2015. (Romance)

Conversas cariocas. Rio de Janeiro: Malê, 2017. (Crônicas)

2018: Crônicas de um ano atípico. São Paulo: Kapulana, 2019. (Crônicas)

fontes	Crimson (Sebastian Kosch)
	Nunito (Vernon Adams)
	Quicksand (Andrew Paglinawan)
papel	Pólen Soft 80 g/m²
impressão	BMF Gráfica